Miguel Angel Asturias:
Leyendas de Guatemala

El Libro de Bolsillo
Alianza Editorial
Madrid

Primera edición en «El Libro de Bolsillo»: 1981
Séptima reimpresión en «El Libro de Bolsillo»: 1996

© Herederos de Miguel Ángel Asturias
© Alianza Editorial, S. A., Madrid, 1981, 1985, 1987, 1990, 1992, 1994,
1995, 1996
Calle Juan Ignacio Luca de Tena, 15; 28027 Madrid; teléf. 393 88 88
ISBN: 84-206-1847-8
Depósito legal: M. 32.160-1996
Compuesto e impreso en Fernández Ciudad, S. L.
Catalina Suárez, 19. 28007 Madrid
Printed in Spain

*A mi madre, que me
contaba cuentos.*

Mi querido amigo:

Le doy las gracias por haberme dado a leer estas
«Leyendas de Guatemala» del señor Miguel Angel Asturias. Como escritor tiene suerte, porque la traducción
de su trabajo es deleitable, por lo tanto, excelente; es
decir, bella, pero fiel. Una buena traducción tiene las
virtudes de una esposa romana: *egregia coniux*.

En cuanto a las leyendas, me han dejado traspuesto.
Nada me ha parecido más extraño —quiero decir más
extraño a mi espíritu, a mi facultad de alcanzar lo in-
esperado— que estas historias-sueños-poemas donde se
confunden tan graciosamente las creencias, los cuentos
y todas las edades de un pueblo de orden compuesto,
todos los productos capitosos de una tierra poderosa y
siempre convulsa, en quien los diversos órdenes de fuerzas que han engendrado la vida después de haber alzado
el decorado de roca y humus están aún amenazadores y
fecundos, como dispuestos a crear, entre dos océanos, a
golpes de catástrofe, nuevas combinaciones y nuevos
temas de existencia.

¡Qué mezcla esta mezcla de naturaleza tórrida, de botánica confusa, de magia indígena, de teología de Salamanca, donde el Volcán, los frailes, el Hombre-Adormidera, el Mercader de joyas sin precio, las «bandadas de pericos dominicales», «los maestros-magos que van a las aldeas a enseñar la fabricación de los tejidos y el valor del Cero» componen el más delirante de los sueños!

Mi lectura fue como un filtro, porque este libro, aunque pequeño, se bebe más que se lee. Fue para mí el agente de un sueño tropical, vivido no sin singular delicia. He creído absorber el jugo de plantas increíbles, o una cocción de esas flores que capturan y digieren a los pájaros. «El Cuco-de-los-Sueños se despierta en el alma.»

Se aconsejaba Stendhal a sí mismo el leer todas las mañanas un poco del Código Civil. Este consejo tiene su valor. Pero una farmacopea tiene que ser completa. Después del tónico hacen falta los bálsamos y las resinas embriagadoras. Una dosis de cuando en cuando de este elixir guatemalteco es excelente contra tantas cosas...

Enteramente suyo,

PAUL VALÉRY

La CARRETA llega al pueblo rodando un paso hoy y otro mañana. En el apeadero, donde se encuentran la calle y el camino, está la primera tienda. Sus dueños son viejos, tienen güegüecho, han visto espantos, andarines y aparecidos, cuentan milagros y cierran la puerta cuando pasan los húngaros: esos que roban niños, comen caballo, hablan con el diablo y huyen de Dios.

La calle se hunde como la hoja de una espada quebrada en el puño de la plaza. La plaza no es grande. La estrecha el marco de sus portales viejos, muy nobles y muy viejos. Las familias principales viven en ella y en las calles contiguas, tienen amistad con el obispo y el alcalde y no se relacionan con los artesanos, salvo el día del apóstol Santiago, cuando, por sabido se calla, las señoritas sirven el chocolate de los pobres en el Palacio Episcopal.

En verano, la arboleda se borra entre las hojas amarillas, los paisajes aparecen desnudos, con claridad de vino viejo, y en invierno, el río crece y se lleva el puente.

Como se cuenta en las historias que ahora nadie cree
—ni las abuelas ni los niños—, esta ciudad fue construida
sobre ciudades enterradas en el centro de América. Para
unir las piedras de sus muros la mezcla se amasó con
leche. Para señalar su primera huella se enterraron
envoltorios de tres dieces de plumas y tres dieces de
cañutos de oro en polvo junto a la yerba-mala, atesti-
gua un recio cronicón de linajes; en un palo podrido,
saben otros, o bien bajo rimeros de leña o en la montaña de la que surgen fuentes.

Existe la creencia de que los árboles respiran el
aliento de las personas que habitan las ciudades enterradas, y por eso, costumbre legendaria y familiar, a su
sombra se aconsejan los que tienen que resolver casos
de conciencia, los enamorados alivian su pena, se orien-
tan los romeros perdidos del camino y reciben inspiración los poetas.

Los árboles hechizan la ciudad entera. La tela delga-
dísima del sueño se puebla de sombras que la hacen
temblar. Ronda por Casa-Mata la Tatuana. El Sombrerón recorre los portales de un extremo a otro; salta,
rueda, es Satanás de hule. Y asoma por las vegas el
Cadejo, que roba mozas de trenzas largas y hace ñudos
en las crines de los caballos. Empero, ni una pestaña
se mueve en el fondo de la ciudad dormida, ni nada
pasa realmente en la carne de las cosas sensibles.

El aliento de los árboles aleja las montañas, donde el
camino ondula como hilo de humo. Oscurece, sobre-
nadan naranjas, se percibe el menor eco, tan honda
repercusión tiene en el paisaje dormido una hoja que
cae o un pájaro que canta, y despierta en el alma el
Cuco de los Sueños.

El Cuco de los Sueños hace ver una ciudad muy
grande —pensamiento claro que todos llevamos dentro—, cien veces más grande que esta ciudad de casas
pintaditas en medio de la Rosca de San Blas. Es una
ciudad formada de ciudades enterradas, superpuestas,
como los pisos de una casa de altos. Piso sobre piso.
Ciudad sobre ciudad. ¡Libro de estampas viejas, em-
pastado en piedra con páginas de oro de Indias, de

pergaminos españoles y de papel republicano! ¡Cofre
que encierra las figuras heladas de una quimera muerta, el oro de las minas y el tesoro de los cabellos blancos de la luna guardados en sortijas de plata! Dentro
de esta ciudad de altos se conservan intactas las ciudades antiguas. Por las escaleras suben imágenes de sueño
sin dejar huella, sin hacer ruido. De puerta en puerta
van cambiando los siglos. En la luz de las ventanas
parpadean las sombras. Los fantasmas son las palabras
de la eternidad. El Cuco de los Sueños va hilando los
cuentos.

En la ciudad de Palenque, sobre el cielo juvenil, se
recortan las terrazas bañadas por el sol, simétricas, sóli-
das y simples, y sobre los bajorrelieves de los muros,
poco cincelados a pesar de su talladura, los pinos deli-
nean sus figuras ingenuas. Dos princesas juegan alrededor de una jaula de burriones, y un viejo de barba
niquelada sigue la estrella tutelar diciendo augurios.
Las princesas juegan. Los burriones vuelan. El viejo
predice. Y como en los cuentos, tres días duran los
burriones, tres días duran las princesas.

En la ciudad de Copán, el Rey pasea sus venados de
piel de plata por los jardines de Palacio. Adorna el
real hombro la enjoyada pluma del nahual. Lleva en
el pecho conchas de embrujar, tejidas sobre hilos de
oro. Guardan sus antebrazos brazaletes de caña tan pu-
lida que puede competir con el marfil más fino. Y en
la frente lleva suelta, insigne pluma de garza. En el crepúsculo romántico, el Rey fuma tabaco en una caña de
bambú. Los árboles de madre-cacao dejan caer las hojas.
Una lluvia de corazones es bastante tributo para tan
gran señor. El Rey está enamorado y malo de bubas,
la enfermedad del sol.

Es el tiempo viejo de las horas viejas. El Cuco de
los Sueños va hilando los cuentos. La arquitectura
pesada y suntuosa de Quiriguá hace pensar en las
ciudades orientales. El aire tropical deshoja la felicidad indefinible de los besos de amor. Bálsamos que
desmayan. Bocas húmedas, anchas y calientes. Aguas

tibias donde duermen los lagartos sobre las hembras vírgenes. ¡El trópico es el sexo de la tierra!

En la ciudad de Quiriguá, a la puerta del templo, esperan mujeres que llevan en las orejas perlas de ámbar. El tatuaje dejó libres sus pechos. Hombres pintados de rojo, cuya nariz adorna un raro arete de obsidiana. Y doncellas teñidas con agua de barro sin quemar, que simboliza la virtud de la gracia.

El sacerdote llega; la multitud se aparta. El sacerdote llama a la puerta del templo con su dedo de oro; la multitud se inclina. La multitud lame la tierra para bendecirla. El sacerdote sacrifica siete palomas blancas. Por las pestañas de las vírgenes pasan vuelos de agonía, y la sangre que salpica el cuchillo de chay del sacrificio, que tiene la forma del Árbol de la Vida, nimba la testa de los dioses, indiferentes y sagrados. Algo vehemente trasciende de las manos de una reina muerta que en el sarcófago parece estar dormida. Los braseros de piedra rasgan nubes de humo olorosas a anís silvestre, y la música de las flautas hace pensar en Dios. El sol peina la llovizna de la mañana primaveral afuera, sobre el verdor del bosque y el amarillo sazón de los maizales.

En la ciudad de Tikal, palacios, templos y mansiones están deshabitados. Trescientos guerreros la abandonaron, seguidos de sus familias. Ayer mañana, a la puerta del laberinto, nanas e iluminados contaban todavía las leyendas del pueblo. La ciudad alejóse por las calles cantando. Mujeres que mecían el cántaro con la cadera llena. Mercaderes que contaban semillas de cacao sobre cueros de puma. Favoritas que enhebraban en hilos de pita, más blanca que la luna, los calchihuitls que sus amantes tallaban para ellas a la caída del sol. Se clausuraron las puertas de un tesoro encantado. Se extinguió la llama de los templos. Todo está como estaba. Por las calles desiertas vagan sombras perdidas y fantasmas con los ojos vacíos.

¡Ciudades sonoras como mares abiertos!

A sus pies de piedra, bajo la vestidura ancha, ceñida de leyendas, juega un pueblo niño a la política, al

comercio, a la guerra, señalándose en las eras de paz
el aparecimiento de maestros-magos que por ciudades
y campos enseñan la fabricación de las telas, el valor
del cero y las sazones del sustento.

La memoria gana la escalera que conduce a las ciudades españolas. Escalera arriba se abren a cada cierto
espacio, en lo más estrecho del caracol, ventanas borradas en la sombra o pasillos formados con el grosor del
muro, como los que comunican a los coros en las
iglesias católicas. Los pasillos dejan ver otras ciudades.
La memoria es una ciega que en los bultos va encon-
trando el camino. Vamos subiendo la escalera de una
ciudad de altos: Xibalbá, Tulán, ciudades mitológicas,
lejanas, arropadas en la niebla. Iximche, en cuyo bla-
són el águila cautiva corona el galibal de los señores
cakchiqueles. Utatlán, ciudad de señoríos. Y Atitlán,
mirador engastado en una roca sobre un lago azul.
¡La flor del maíz no fue más bella que la última
mañana de estos reinos! El Cuco de los Sueños va
hilando los cuentos.

En la primera ciudad de los Conquistadores —geme-
la de la ciudad del Señor Santiago—, una ilustre dama
se inclina ante el esposo, más temido que amado. Su
sonrisa entristece al Gran Capitán, quien, sin pérdida
de tiempo, le da un beso en los labios y parte para
las Islas de la Especiería. Evocación de un tapiz antiguo. Trece navíos aparejados en el golfo azul, bajo
la luna de plata. Siete ciudades de Cíbola construidas
en las nubes de un país de oro. Dos caciques indios
dormidos en el viaje. No se alejan de las puertas de
Palacio los ecos de las caballerías, cuando la noble
dama ve o sueña, presa de aturdimientos, que un dra-
gón hace rodar a su esposo al silo de la muerte, aho-
gándola a ella en las aguas oscuras de un río sin fondo.

Pasos de ciudad colonial. Por las calles arenosas,
voces de clérigos que mascullan Ave-Marías, y de caballeros y capitanes que disputan poniendo a Dios por
testigo. Duerme un sereno arrebozado en la capa. Sombras de purgatorio. Pestañeo de lámparas que arden

en las hornacinas. Ruido de alguna espuela castellana, de algún pájaro agorero, de algún reloj despierto.

En Antigua, la segunda ciudad de los Conquistadores, de horizonte limpio y viejo vestido colonial, el espíritu religioso entristece el paisaje. En esta ciudad de iglesias se siente una gran necesidad de pecar. Alguna puerta se abre dando paso al señor obispo, que viene seguido del señor alcalde. Se habla a media voz. Se ve con los párpados caídos. La visión de la vida a través de los ojos entreabiertos es clásica en las ciudades conventuales. Calles de huertos. Arquerías. Patios solariegos donde hacen labor las fuentes claras. Grave metal de las campanas. ¡Ojalá se conserve esta ciudad antigua bajo la cruz católica y la guarda fiel de sus volcanes! Luego, fiestas reales celebradas en geniales días, y festivas pompas. Las señoras, en sillas de altos espaldares, se dejan saludar por caballeros de bigote petulante y traje de negro y plata. Esta une al pie breve la mirada lánguida. Aquélla tiene los cabellos de seda. Un perfume desmaya el aliento de la que ahora conversa con un señor de la Audiencia. La noche penetra... penetra... El obispo se retira, seguido de los bedeles. El tesorero, gentil hombre y caballero de la orden de Montesa, relata la historia de los linajes. De los veladores de vidrio cae la luz de las candelas entumecida y eclesiástica. La música es suave, bullente, y la danza triste a compás de tres por cuatro. A intervalos se oye la voz del tesorero que comenta el tratamiento de «Muy ilustre Señor» concedido al conde de la Gomera, capitán general del Reino, y el eco de dos relojes viejos que cuentan el tiempo sin equivocarse. La noche penetra... penetra... El Cuco de los Sueños va hilando los cuentos.

Estamos en el templo de San Francisco. Se alcanzan a ver la reja que cierra el altar de la Virgen de Loreto, los pavimentos de azulejos de Génova, las colgaduras de Damasco, los tafetanes de Granada y los terciopelos carmesí y de brocado. ¡Silencio! Aquí se han podrido más de tres obispos y las ratas arrastran malos pensamientos. Por las altas ventanas entra furtivamente el

oro de la luna. Media luz. Las candelas sin llamas y
la Virgen sin ojos en la sombra.

Una mujer llora delante de la Virgen. Su sollozo
en un hilo va cortando el silencio.

El hermano Pedro de Betancourt viene a orar después de medianoche: dio pan a los hambrientos, asilo
a los huérfanos y alivio a los enfermos. Su paso es
imperceptible. Anda como vuela una paloma.

Imperceptiblemente se acerca a la mujer que llora,
le pregunta qué penas la aquejan, sin reparar en que
es la sombra de una mujer inconsolable, y la oye
decir:

—¡Lloro porque perdí a un hombre que amaba mucho; no era mi esposo, pero le amaba mucho!... ¡Per-
dón, hermano, esto es pecado!

El religioso levantó los ojos para buscar los ojos de
la Virgen, y..., ¡qué raro!, había crecido y estaba más
fuerte. De improviso sintió caer sobre sus hombros la
capa aventurera, la espada ceñida a su cintura, la bota
a su pierna, la espuela a su talón, la pluma a su sombrero. Y comprendiéndolo todo, porque era santo, sin
decir palabra inclinóse ante la dama que seguía llorando...

¿Don Rodrigo?

Con el tino del loco que se propone atrapar su propia
sombra, ella se puso en pie, recogió la cola de su traje,
llegóse a él y le cubrió de besos. ¡Era el mismo Don
Rodrigo!... ¡Era el mismo Don Rodrigo!...

Dos sombras felices salen de la iglesia —amada y
amante— y se pierden en la noche por las calles de la
ciudad, torcidas como las costillas del infierno.

Y a la mañana que sigue cuéntase que el hermano
Pedro estaba en la capilla profundamente dormido, más
cerca que nunca de los brazos de Nuestra Señora.

El Cuco de los Sueños va hilando los cuentos. De
los telares asciende un sisco de moscas presas. Un raz-
raz de escarabajo escapa de los rincones venerables
donde los cronistas del rey, nuestro señor, escriben de
las cosas de Indias. Un lero-lero de ranas se oye en los

coros donde la voz de los canónigos salmodia al crepúsculo. Palpitación de yunques, de campanas, de corazones...

Pasa Fray Payo Enríquez de Rivera. Lleva oculta, en la oscuridad de su sotana, la luz. La tarde sucumbe rápidamente. Fray Payo llama a la puerta de una casa pequeña e introduce una imprenta.

Las primeras voces me vienen a despertar; estoy llegando. ¡Guatemala de la Asunción, tercera ciudad de los Conquistadores! Ya son verdad las casitas blancas sorprendidas desde la montaña como juguetes de nacimiento. Me llena de orgullo el gesto humano de sus muros —clérigos o soldados vestidos por el tiempo—, me entristecen los balcones cerrados y me aniñan los zaguanes abuelos. Ya son verdad las carreras de los rapaces que se persiguen por las calles y las voces de las niñas que juegan a Andares:

—«¡Andares! ¡Andares!»

—«¿Qué te dijo Andares?»

—«¡Que me dejaras pasar!»

—¡Mi pueblo! ¡Mi pueblo, repito, para creer que estoy llegando! Su llanura feliz. La cabellera espesa de sus selvas. Sus montañas inacabables que al redor de la ciudad forman la Rosca de San Blas. Sus lagos. La boca y la espalda de sus cuarenta volcanes. El patrón Santiago. Mi casa y las casas. La plaza y la iglesia. El puente. Los ranchos escondidos en las encrucijadas de las calles arenosas. Las calles enredadas entre los cercos de yerba-mala y chichicaste. El río que arrastra continuamente la pena de los sauces. Las flores de izote. ¡Mi pueblo! ¡Mi pueblo!

Los güegüechos de gracia José y Agustina, conocidos en el pueblo con los diminutivos de Don Chepe y la Niña Tina, hacen la cuenta de mis años con granos de maíz, sumando de uno en uno de izquierda a derecha, como los antepasados los puntos que señalan los siglos en las piedras. El cuento de los años es triste. Mi edad les hace entristecer.

—El influjo hechicero del chipilín —habla la Niña Tina— me privó de la conciencia del tiempo, comprendido como sucesión de días y de años. El chipilín, arbolito de párpados con sueño, destruye la acción del tiempo y bajo su virtud se llega al estado en que enterraron a los caciques, los viejos sacerdotes del reino.

—Oí cantar —habla Don Chepe— a un guardabarranca bajo la luna llena, y su trino me goteó de mielita hasta dejarme lindo y trasparente. El sol no me vido y los días pasaron sin tocarme. Para prolongar mi vida para toda la vida, alcancé el estado de la trasparencia bajo el hechizo del guardabarranca.

—Es verdad —hablé el último—, les dejé una mañana

de abril para salir al bosque a caza de venados y palomas, y, ahora que me acuerdo, estaban como están y
tenían cien años. Son eternos. Son el alma sin edad de las
piedras y la tierra sin vejez de los campos. Salí del
pueblo muy temprano, cuando por el camino amanecía
sobre las cabalgatas. Aurora de agua y miel. Blanca
respiración de los ganados. Entre los liquidámbares
cantaban los cenzontles. La flor de las verbenas quería
reventar.

Entré al bosque y seguí bajo los árboles como en una
procesión de patriarcas. Detrás de los follajes clareaba
el horizonte con oro y colores de vitral. Los cardenales
parecían las lenguas del Espíritu Santo. Yo iba viendo
el cielo. Primitivo, inhumano e infantil, en ese tiempo
me llamaban Cuero de Oro, y mi casa era asilo de
viejos cazadores. Sus estancias contarían, si hablasen
las historias que oyeron contar. De sus paredes colgaban cueros, cornamentas y armas, y la sala tenía en
marcos negros estampas de cazadores rubios y animales perseguidos por galgos. Cuando yo era niño, encon-
traba en aquellas estampas que los venados heridos se
parecían a San Sebastián.

Dentro de la selva, el bosque va cerrando caminos.
Los árboles caen como moscas en la telaraña de las
malezas infranqueables. Y a cada paso, las liebres ágiles
del eco saltan, corren, vuelan. En la amorosa profun-
didad de la penumbra: el tuteo de las palomas, el aullido
del coyote, la carrera de la danta, el paso del jaguar, el
vuelo del milano y mi paso despertaron el eco de las
tribus errantes que vinieron del mar. Aquí fue donde
comenzó su canto. Aquí fue donde comenzó su vida. Co-
menzaron la vida con el alma en la mano. Entre el sol,
el aire y la tierra bailaron al compás de sus lágrimas
cuando iba a salir la luna. Aquí, bajo los árboles de
anona. Aquí, sobre la flor de capulí...

Y bailaban cantando:

«¡Salud, oh constructores, oh formadores! Vosotros
veis. Vosotros escucháis. ¡Vosotros! No nos abandonéis,
no nos dejéis, ¡oh, dioses!, en el cielo, sobre la tierra.
Espíritu del cielo, Espíritu de la tierra. Dadnos nues-

tra descendencia, nuestra posteridad, mientras haya días, mientras haya albas. Que la germinación se haga. Que el alba se haga. Que numerosos sean los verdes caminos, las verdes sendas que vosotros nos dais. Que tranquilas, muy tranquilas estén las tribus. Que perfectas, muy perfectas sean las tribus. Que perfecta sea la vida, la existencia que nos dais. ¡Oh, Maestro gigante, Huella del relámpago, Esplendor del relámpago, Huella del Muy Sabio, Esplendor del Muy Sabio, Gavilán, Maestros-magos, Dominadores, Poderosos del cielo, Procreadores, Engendradores, Antiguo secreto, Antigua ocultadora, Abuela del día, Abuela del alba!...

¡Que la germinación se haga, que el alba se haga!» Y bailaban, cantando...

«¡Salve, Bellezas del Día, Maestros gigantes, Espíritus del Cielo, de la Tierra, Dadores del Amarillo, del Verde, Dadores de Hijas, de Hijos! ¡Volveos hacia nosotros, esparcid el verde, el amarillo, dad la vida, la existencia a mis hijos, a mi prole! ¡Que sean engendrados, que nazcan vuestros sostenes, vuestros nutridores, que os invoquen en el camino, en la senda, al borde de los ríos, en los barrancos, bajo los árboles, bajo los bejucos! ¡Dadles hijas, hijos! ¡Qué no haya desgracia ni infortunio! ¡Que la mentira no entre detrás de ellos, delante de ellos! ¡Que no caigan, que no se hieran, que no se desgarren, que no se quemen! ¡Que no caigan ni hacia arriba del camino, ni hacia abajo del camino! ¡Que no haya obstáculo, peligro, detrás de ellos, delante de ellos! ¡Dadles verdes caminos, verdes sendas! ¡Que no hagan ni su desgracia ni su infortunio vuestra potencia, vuestra hechicería! ¡Que sea buena la vida de vuestros sostenes, de vuestros nutridores ante vuestras bocas, ante vuestros rostros, oh Espíritus del Cielo, oh Espíritus de la Tierra, oh Fuerza Envuelta, oh Pluvioso, Volcán, en el Cielo, en la Tierra, en los cuatro ángulos, en las cuatro extremidades, en tanto exista el alba, en tanto exista la tribu, oh dioses!»

Y bailaban cantando.

Oscurece sin crepúsculo, corren hilos de sangre entre

los troncos, delgado rubor aclara los ojos de las ranas
y el bosque se convierte en una masa maleable, tierna,
sin huesos, con ondulaciones de cabellera olorosa a
estoraque y a hojas de limón.

Noche delirante. En la copa de los árboles cantan
los corazones de los lobos. Un dios macho está violan-
do en cada flor una virgen. La lengua del viento lame
las ortigas. Bailes en las frondas. No hay estrellas, ni
cielo, ni camino. Bajo el amor de los almendros el
barro huele a carne de mujer.

Noche delirante. Al rumor sucede el silencio, al mar
el desierto. En la sombra del bosque me burlan los
sentidos: oigo voces de arrieros, marimbas, campanas,
caballerías galopando por calles empedradas; veo luces, chispas de fraguas volcánicas, faros, tempestades,
llamas, estrellas: me siento atado a una cruz de hierro
como un mal ladrón; mis narices se llenan de un olor
casero de pólvora, trapos y sartenes. Al rumor sucede
el silencio, al mar el desierto. Noche delirante. En la
oscuridad no existe nada. En la oscuridad no existe
nada. En la oscuridad no existe nada...

Agarrándome una mano con otra, bailo al compás
de las vocales de un grito ¡A-e-i-o-u! ¡A-e-i-o-u! Y al
compás monótono de los grillos.

¡A-e-i-o-u! ¡Más ligero! ¡A-e-i-o-u! ¡Más ligero! ¡No
existe nada! ¡No existo yo, que estoy bailando en un
pie! ¡A-e-i-o-u! ¡Más ligero! ¡U-o-i-e-a! ¡Más! ¡Criiii-
criiii! ¡Más! ¡Que mi mano derecha tire de mi izquierda hasta partirme en dos —aeiou—, para seguir bailando
—uoiea— partido por la mitad —aeiou—, pero cogido
de las manos —¡criiii... criiii!

Los güegüechos oyen mi relato sin moverse, así como
los santos de mezcla embutidos en los nichos de las
iglesias, y sin decir palabra.

—Bailando como loco topé el camino negro donde
la sombra dice: «¡Camino rey es éste y quien lo siga
el rey será!» Allí vide a mi espalda el camino verde,
a mi derecha el rojo y a mi izquierda el blanco. Cuatro
caminos se cruzan antes de Xibalbá.

Sin rumbo, los cuatro caminos éranme vedados; des-

pués de consultar con mi corazón, me detuve a esperar
la aurora llorando de fatiga y de sueño.

En la oscuridad fueron surgiendo imágenes fantásti-
cas y absurdas: ojos, manos, estómagos, quijadas. Nu-
merosas generaciones de hombres se arrancaron la piel
para enfundar la selva. Inesperadamente me encontré
en un bosque de árboles humanos: veían las piedras,
hablaban las hojas, reían las aguas y movíanse con
voluntad propia el sol, la luna, las estrellas, el cielo y
la tierra.

Los caminos se enroscaron y el paisaje fue apareciendo en la claridad de las distancias enigmático y triste,
como una mano que se descalza el guante. Líquenes
espesos acorazaban los troncos de las ceibas. Los robles
más altos ofrecían orquídeas a las nubes que el sol
acababa de violar y ensangrentar en el crepúsculo. El
culantrillo simulaba una lluvia de esmeraldas en el
cuello carnoso de los cocos. Los pinos estaban hechos
de pestañas de mujeres románticas.

Cuando los caminos habían desaparecido por opuestas direcciones —opuestas están las cuatro extremidades
del cielo—, la oscuridad volvió a esponjar las cosas,
colándolas en la penumbra hasta hacerlas polvo, nada,
sombra.

Noche delirante. El tigre de la luna, el tigre de la
noche, y el tigre de la dulce sonrisa vinieron a disputar
mi vida. Caída el ala de la lechuza, lanzáronse al asalto;
pero en el momento de ir garra y colmillo a destrozar
la imagen de Dios —yo era en ese tiempo la imagen
de Dios—, la medianoche se enroscó a mis pies y los
follajes por donde habían pasado reptando los caminos,
desanilláronse en culebras de cuatro colores subiendo
el camino de mi epidermis blando y tibio para el frío
raspón de sus escamas. Las negras frotaron mis cabellos
hasta dormirse de contentas, como hembras con sus
machos. Las blancas ciñéronme la frente. Las verdes
me cubrieron los pies con sus plumas de kukul. Y las
rojas los órganos sagrados...

—¡Titilganabáh! ¡Titilganabáh!... —gritan los güegüechos—. Les callo para seguir contando.

—Aislado en mil anillos de culebra, concupiscente, torpe, tuve la sexual agonía de sentir que me nacían raíces. La noche era tan oscura que el agua de los ríos se golpeaba en las piedras de los montes, y más allá de los montes, Dios, que hace a veces de dentista loco, arrancaba los árboles de cuajo con la mano del viento.

—¡Noche delirante! ¡Bailes en las frondas! Los encinales se perseguían bajo las nubes negras, sacudiéndose el rocío como caballerías sueltas. ¡Bailes en las frondas! ¡Noche delirante! Mis raíces crecieron y ramificáronse estimuladas por su afán geocéntrico. Taladré cráneos y ciudades, y pensé y sentí con las raíces añorando la movilidad de cuando no era viento, ni sangre, ni espíritu, ni éter en el éter que llena la cabeza de Dios.

—¡Titilganabáh! ¡Titilganabáh!

—A lo largo de mis raíces, innumerables y sin nombres, destilóse mi palidez cetrina (Cuero de Oro), el betún de mis ojos, mis ojeras y mi vida sin principio ni fin.

—¡Titilganabáh!

—Y después... —concluí fatigado—, sus personas me oyen, sus personas me tienen, sus personas me ven...

¡A medida que taladro más hondo, más hondo me duele el corazón!

Pero acuérdaseme ahora que he venido a oír contar leyendas de Guatemala y no me cuadra que sus mercedes callen de una pieza, como si les hubiesen comido la lengua los ratones...

La tarde cansa con su mirar de bestia maltratada. En la tienda hace noche, flota el aroma de las especias, vuelan las moscas turbando el ritmo de la destiladera, y por las pajas del techo la luz alarga pajaritas de papel sobre los muros de adobe.

—¡Los ciegos ven el camino con los ojos de los perros!... —concluye Don Chepe.

—¡Las alas son cadenas que nos atan al cielo!... —concluye la Niña Tina.

Y se corta la conversación.

Leyendas

Hubo en un siglo un día que duró muchos siglos.

SEIS hombres poblaron la Tierra de los Arboles: los tres que venían en el viento y los tres que venían en el agua, aunque no se veían más que tres. Tres estaban escondidos en el río y sólo les veían los que venían en el viento cuando bajaban del monte a beber agua.

Seis hombres poblaron la Tierra de los Arboles.

Los tres que venían en el viento correteaban en la libertad de las campiñas sembradas de maravillas.

Los tres que venían en el agua se colgaban de las ramas de los árboles copiados en el río a morder las frutas o a espantar los pájaros, que eran muchos y de todos colores.

Los tres que venían en el viento despertaban a la tierra, como los pájaros, antes que saliera el sol, y anochecido, los tres que venían en el agua se tendían como los peces en el fondo del río, sobre las yerbas pálidas y elásticas, fingiendo gran fatiga; acostaban a la tierra antes que cayera el sol.

Los tres que venían en el viento, como los pájaros, se alimentaban de frutas.

Los tres que venían en el ·agua, como los peces, se alimentaban de estrellas.

Los tres que venían en el viento pasaban la noche en los bosques, bajo las hojas que las culebras perdidizas removían a instantes o en lo alto de las ramas, entre ardillas, pizotes, micos, micoleones, garrobos y mapaches.

Y los tres que venían en el agua, ocultos en la flor de las pozas o en las madrigueras de lagartos que libraban batallas como sueños o anclaban a dormir como piraguas.

Y en los árboles que venían en el viento y pasaban en el agua, los tres que venían en el viento, los tres que venían en el agua, mitigaban el hambre sin separar los frutos buenos de los malos, porque a los primeros hombres les fue dado comprender que no hay fruto malo; todos son sangre de la tierra, dulcificada o avinagrada, según el árbol que la tiene.

—¡Nido!.. (del viento)

Pió Monte en un Ave.

Uno de los del viento volvió a ver y sus compañeros le llamaron Nido.

Monte en un Ave era el recuerdo de su madre y su padre, bestia color de agua llovida que mataron en el mar para ganar la tierra, de pupilas doradas que guardaban al fondo dos crucecitas negras, olorosa a pescado, femenina como dedo meñique.

A su muerte ganaron la costa húmeda, surgiendo en el paisaje de la playa, que tenía cierta tonalidad de ensalmo: los chopos dispersos y lejanos, los bosques, las montañas, el río que en el panorama del valle se iba quedando inmóvil... ¡La Tierra de los Arboles!

Avanzaron sin dificultad por aquella naturaleza costeña, fina como la luz de los diamantes, hasta la coronilla verde de los cabazos próximos, y al acercarse al río la primera vez, a mitigar la sed, vieron caer tres hombres al agua.

Nido calmó a sus compañeros —extrañas plantas móviles—, que miraban sus retratos en el río sin poder hablar.

—¡Son nuestras máscaras, tras ellas se ocultan nuestras caras! ¡Son nuestros dobles, con ellos nos podemos disfrazar! ¡Son nuestra madre, nuestro padre, Monte en un Ave, que matamos para ganar la tierra! ¡Nuestro nahual! ¡Nuestro natal!

La selva prolongaba el mar en tierra firme. Aire líquido, hialino casi bajo las ramas, con trasparencias azules en el claroscuro de la superficie y verdes de fruta en lo profundo.

Como si se acabara de retirar el mar, se veía el agua hecha luz en cada hoja, en cada bejuco, en cada reptil, en cada flor, en cada insecto...

La selva continuaba hacia el Volcán henchida, tupida, crecida, crepitante, con estéril fecundidad de víbora: océano de hojas reventando en rocas o anegado en pastos, donde las huellas de los plantígrados dibujaban mariposas y leucocitos el sol.

Algo que se quebró en las nubes sacó a los tres hombres de su deslumbramiento.

Dos montañas movían los párpados a un paso del río:

La que llamaban Cabrakán, montaña capacitada para tronchar una selva entre sus brazos y levantar una ciudad sobre sus hombros, escupió saliva de fuego hasta encender la tierra.

Y la incendió.

La que llamaban Hurakán, montaña de nubes, subió al volcán a pelar el cráter con las uñas.

El cielo repentinamente nublado, detenido el día sin sol, amilanadas las aves que escapaban por cientos de canastos, apenas se oía el grito de los tres hombres que venían en el viento, indefensos como los árboles sobre la tierra tibia.

En las tinieblas huían los monos, quedando de su fuga el eco perdido entre las ramas. Como exhalaciones pasaban los venados. En grandes remolinos se enredaban los coches de monte, torpes, con las pupilas cenicientas.

Huían los coyotes, desnudando los dientes en la sombra al rozarse unos con otros, ¡qué largo escalofrío...! Huían los camaleones, cambiando de colores por el miedo; los tacuazines, las iguanas, los tepescuintes, los conejos, los murciélagos, los sapos, los cangrejos, los cutetes, las taltuzas, los pizotes, los chinchintores, cuya sombra mata.

Huían los cantiles, seguidos de las víboras de cascabel, que con las culebras silbadoras y las cuereadoras dejaban a lo largo de la cordillera la impresión salvaje de una fuga en diligencia. El silbo penetrante uníase al ruido de los cascabeles y al chasquido de las cuereadoras que aquí y allá enterraban la cabeza, descargando latigazos para abrirse campo.

Huían los camaleones, huían las dantas, huían los basiliscos, que en ese tiempo mataban con la mirada; los jaguares (follajes salpicados de sol), los pumas de pelambre dócil, los lagartos, los topos, las tortugas, los ratones, los zorrillos, los armados, los puercoespines, las moscas, las hormigas...

Y a grandes saltos empezaron a huir las piedras, dando contra las ceibas, que caían como gallinas muertas, y a todo correr, las aguas, llevando en las encías una gran sed blanca, perseguidas por la sangre venosa de la tierra, lava quemante que borraba las huellas de las patas de los venados, de los conejos, de los pumas, de los jaguares, de los coyotes; las huellas de los peces en el río hirviente; las huellas de las aves en el espacio que alumbraba un polvito de luz quemada, de ceniza de luz. Las estrellas cayeron sin mojarse las pestañas en la visión del mar. Cayeron en las manos de la tierra, mendiga ciega que no sabiendo que eran estrellas, por no quemarse, las apagó.

Nido vio desaparecer a sus compañeros, arrebatados por el viento, y a sus dobles, en el agua, arrebatados por el fuego, a través de maizales que caían del cielo en los relámpagos, y cuando estuvo solo vivió el Símbolo. Dice el Símbolo: Hubo en un siglo un día que duró muchos siglos.

Un día que fue todo mediodía, un día de cristal intacto, clarísimo, sin crepúsculo ni aurora.

—Nido —le dijo el corazón—, al final de este camino...

Y no continuó porque una golondrina pasó muy cerca
para oír lo que decía.

Y en vano esperó después la voz de su corazón, rena-
ciendo en cambio, a manera de otra voz en su alma,
el deseo de andar hacia un país desconocido.

Oyó que le llamaban. Al sin fin de un caminito,
pintado en el paisaje como el de un pan de culebra, le
llamaba una voz muy honda.

Las arenas del camino, al pasar él convertíanse en
alas, y era de ver cómo a sus espaldas se alzaba al
cielo un listón blanco, sin dejar huella en la tierra.

Anduvo y anduvo...

Adelante, un repique circundó los espacios. Las campanas entre las nubes repetían su nombre:

¡Nido!

¡Nido!   ¡Nido!

¡Nido!
¡Nido!

¡Nido!   ¡Nido!

Los árboles se poblaron de nidos. Y vio un santo,
una azucena y un niño. Santo, flor y niño, la trinidad
le recibía. Y oyó:

¡Nido, quiero que me levantes un templo!

La voz se deshizo como manojo de rosas sacudidas al
viento y florecieron azucenas en la mano del santo y
sonrisas en la boca del niño.

Dulce regreso de aquel país lejano en medio de una
nube de abalorio. El Volcán apagaba sus entrañas —en
su interior había llorado a cántaros la tierra lágrimas
recogidas en un lago, y Nido, que era joven, después
de un día que duró muchos siglos, volvió viejo, no
quedándole tiempo sino para fundar un pueblo de cien
casitas alrededor de un templo.

Y asoma por las vegas el Cadejo, que roba
mozas de trenzas largas y hace ñudos en las
crines de los caballos.

Madre Elvira de San Francisco, prelada del mo-
nasterio de Santa Catalina, sería con el tiempo la novicia que recortaba las hostias en el convento de la
Concepción, doncella de loada hermosura y habla tan
candorosa que la palabra parecía en sus labios flor
de suavidad y de cariño.

Desde una ventana amplia y sin cristales miraba la
novicia volar las hojas secas por el abraso del verano,
vestirse los árboles de flores y caer las frutas maduras
en las huertas vecinas al convento, por la parte de-
rruida, donde los follajes, ocultando las paredes heridas
y los abiertos techos, transformaban las celdas y los
claustros en paraísos olorosos a búcaro y a rosal silvestre; enramadas de fiesta, al decir de los cronistas, donde
a las monjas sustituían las palomas de patas de color de
rosa, y a sus cánticos los trinos del cenzontle cimarrón.

Fuera de su ventana, en los hundidos aposentos, se
unía la penumbra calientita, en la que las mariposas
asedaban el polvo de sus alas, al silencio del patio
turbado por el ir y venir de las lagartijas y al blando

perfume de las hojas que multiplicaban el cariño de
los troncos enraizados en las vetustas paredes.

Y dentro, en la dulce compañía de Dios, quitando la
corteza a la fruta de los ángeles para descubrir la pulpa
y la semilla que es el Cuerpo de Cristo, largo como la
médula de la naranja —¡vere tu es Deus absconditus!—,
Elvira de San Francisco unía su espíritu y su carne a
la casa de su infancia, de pesadas aldabas y levísimas
rosas, de puertas que partían sollozos en el hilván del
viento, de muros reflejados en el agua de las pilas a
manera de huelgo en vidrio limpio.

Las voces de la ciudad turbaban la paz de su ventana, melancolías de viajera que oye moverse el puerto
antes de levar anclas; la risa de un hombre al concluir
la carrera de un caballo, o el rodar de un carro, o el
llorar de un niño.

Por sus ojos pasaban el caballo, el carro, el hombre,
el niño, evocados en paisajes aldeanos, bajo cielos que
con su semblante plácido hechizaban la sabia mirada
de las pilas sentadas al redor del agua con el aire sufri-
do de las sirvientas viejas.

Y el olor acompañaba a las imágenes. El cielo olía
a cielo, el niño a niño, el campo a campo, el carro a
heno, el caballo a rosal viejo, el hombre a santo, las
pilas a sombras, las sombras a reposo dominical y el
reposo del Señor a ropa limpia...

Oscurecía. Las sombras borraban su pensamiento, relación luminosa de partículas de polvo que nadan en
un rayo de sol. Las campanas acercaban a la copa ves-
peral los labios sin murmullo. ¿Quién habla de besos?
El viento sacudía los heliotropos. ¿Heliotropos o hipo-
campos? Y en los chorros de flores mitigaban su deseo
de Dios los colibríes. ¿Quién habla de besos?...

Un taconeo presuroso la sobrecogió. Los flecos del
eco tamborileaban en el corredor...

¿Habría oído mal? ¿No sería el señor pestañudo que
pasaba los viernes a última hora por las hostias para
llevarlas a nueve lugares de allí, al Valle de la Virgen,
donde en una colina alzábase dichosa ermita?

Le llamaban el hombre-adormidera. El viento anda-

Venus fly-trap

ba por sus pies. Como fantasma se iba apareciendo al
cesar sus pasos de cabrito: el sombrero en la mano, los
botines pequeñines, algo así como dorados, envuelto en
un gabán azul, y esperaba los hostearios en el umbral
de la puerta.

Sí que era; pero esta vez venía alarmadísimo y a las
volandas, como a evitar una catástrofe.

—¡Niña, niña —entró dando voces—, le cortarán la
trenza, le cortarán la trenza, le cortarán la trenza!...

Lívida y elástica, la novicia se puso en pie para ganar
la puerta al verle entrar; más calzada de caridad con los
zapatos que en vida usaba una monja paralítica, al oírle
gritar sintió que le ponía los pies la monja que pasó la
vida inmóvil, y no pudo dar paso...

... Un sollozo, como estrella, la titilaba en la garganta. Los pájaros tijereteaban el crepúsculo entre las ruinas
pardas e impedidas. Dos eucaliptos gigantes rezaban
salmos penitenciales.

Atada a los pies de un cadáver, sin poder moverse,
lloró desconsoladamente, tragándose las lágrimas en silencio como los enfermos a quienes se les secan y en-
frían los órganos por partes. Se sentía muerta, se sentía
aterrada, sentía que en su tumba —el vestido de huér-
fana que ella llenaba de tierra con su ser— florecían
rosales de palabras blancas, y poco a poco su congoja se
hizo alegría de sosegado acento... Las monjas —rosales
ambulantes— cortábanse las rosas unas a otras para
adornar los altares de la Virgen, y de las rosas brotaba
el mes de mayo, telaraña de aromas en la que Nuestra
Señora caía prisionera temblando como una mosca de luz.

Pero el sentimiento de su cuerpo florecido después
de la muerte fue dicha pasajera.

Como a una cometa que de pronto le falta hilo entre
las nubes, la hizo caer de cabeza, con todo y trapos al
infierno, el peso de su trenza. En su trenza estaba el
misterio. Suma de instantes angustiosos. Perdió el sentido unos suspiros y hasta cerca del hervidero donde
burbujeaban los diablos tornó a sentirse en la tierra. Un
abanico de realidades posibles se abría en torno suyo:
la noche con azúcares de hojaldre, los pinos olorosos a

altar, el polen de la vida en el pelo del aire, gato sin
forma ni color que araña las aguas de las pilas y desaso-
siega los papeles viejos.

La ventana y ella se llenaban de cielo...   *comunión*

—¡Niña, Dios sabe a sus manos cuando comulgo!...
—murmuró el del gabán, alargando sobre las brasas de
sus ojos la parrilla de sus pestañas.

La novicia retiró las manos de las hostias al oír la
blasfemia... ¡No, no era un sueño!... Luego palpóse los
brazos, los hombros, el cuello, la cara, la trenza... Detuvo la respiración un momento, largo como un siglo al
sentirse la trenza. ¡No, no era un sueño, bajo el manojo
tibio de su pelo revivía dándose cuenta de sus adornos
de mujer, acompañada en sus bodas diabólicas del hombre-adormidera y de una candela encendida en el extremo de la habitación, oblonga como ataúd! ¡La luz sos-
tenía la imposible realidad del enamorado, que alargaba
los brazos como un Cristo que en un viático se hubiese
vuelto murciélago, y era su propia carne! Cerró los ojos
para huir, envuelta en su ceguera, de aquella visión de
infierno, del hombre que con sólo ser hombre la acari-
ciaba hasta donde ella era mujer —¡la más abominable
de las concupiscencias!—; pero todo fue bajar sus redondos párpados pálidos como levantarse de sus zapatos,
empapada en llanto, la monja paralítica, y más corriendo
los abrió... Rasgó la sombra, abrió los ojos, salióse de
sus adentros hondos con las pupilas sin quietud, como
ratones en la trampa, caótica, sorda, desemblantadas las
mejillas —alfileteros de lágrimas—, sacudiéndose entre
el estertor de una agonía ajena que llevaba en los pies
y el chorro de carbón vivo de su trenza retorcida en
invisible llama que llevaba a la espalda...

Y no supo más de ella. Entre un cadáver y un hombre,
con un sollozo de embrujada indesatable en la lengua,
que sentía ponzoñosa, como su corazón, medio loca,
regando las hostias, arrebatóse en busca de sus tijeras, y
al encontralas se cortó la trenza y, libre de su hechizo,
huyó en busca del refugio seguro de la madre superiora,
sin sentir más sobre sus pies los de la monja...
... ...

Pero, al caer su trenza, ya no era trenza: se movía, ondulaba sobre el colchoncito de las hostias regadas en el piso.

El hombre-adormidera buscó hacia la luz. En las pestañas temblábanle las lágrimas como las últimas llamitas en el carbón de la cerilla que se apaga. Resbalaba por el haz del muro con el resuello sepultado, sin mover las sombras, sin hacer ruido, anhelando llegar a la llama que creía su salvación. Pronto su paso mesurado se deshizo en fuga espantosa. El reptil sin cabeza dejaba la hojarasca sagrada de las hostias y enfilaba hacia él. Reptó bajo sus pies como la sangre negra de un animal muerto, y de pronto, cuando iba a tomar la luz, saltó con cascabeles de agua que fluye libre y ligera a enroscarse como látigo en la candela, que hizo llorar hasta consumirse, por el alma del que con ella se apagaba para siempre. Y así llegó a la eternidad el hombre-adormidera, por quien lloran los cactus lágrimas blancas todavía.

El demonio había pasado como un soplo por la trenza que, al extinguirse la llama de la vela, cayó en el piso inerte.

Y a la medianoche, convertido en un animal largo —dos veces un carnero por luna llena, del tamaño de un sauce llorón por la luna nueva—, con cascos de cabro, orejas de conejo y cara de murciélago, el hombre-adormidera arrastró al infierno la trenza negra de la novicia que con el tiempo sería madre Elvira de San Francisco —así nace el Cadejo—, mientras ella soñaba entre sonrisas de ángeles, arrodillada en su celda, con la azucena y el cordero místico.

sacerdote

Ronda por Casa-Mata la Tatuana...

EL MAESTRO Almendro tiene la barba rosada, fue uno de los sarcerdotes que los hombres blancos tocaron creyéndoles de oro, tanta riqueza vestían, y sabe el secreto de las plantas que lo curan todo, el vocabulario de la obsidiana —piedra que habla— y leer los jeroglíficos de las constelaciones.

Es el árbol que amaneció un día en el bosque donde está plantado, sin que ninguno lo sembrara, como si lo hubieran llevado los fantasmas. El árbol que anda... El árbol que cuenta los años de cuatrocientos días por las lunas que ha visto, que ha visto muchas lunas, como todos los árboles, y que vino ya viejo del Lugar de la Abundancia.

Al llenar la luna del Buho-Pescador (nombre de uno de los veinte meses del año de cuatrocientos días), el Maestro Almendro repartió el alma entre los caminos. Cuatro eran los caminos y se marcharon por opuestas direcciones hacia las cuatro extremidades del cielo. La negra extremidad: Noche sortílega. La verde extremidad: Tormenta primaveral. La roja extremidad: Guacamayo o

37

éxtasis de trópico. La blanca extremidad: Promesa de tierras nuevas. Cuatro eran los caminos.

—¡Caminín! ¡Caminito!... —dijo al Camino Blanco una paloma blanca, pero el Caminito Blanco no la oyó. Quería que le diera el alma del Maestro, que cura de sueños. Las palomas y los niños padecen de ese mal.

—¡Caminín! ¡Caminito!... —dijo al Camino Rojo un corazón rojo; pero el Camino Rojo no lo oyó. Quería distraerlo para que olvidara el alma del Maestro. Los corazones, como los ladrones, no devuelven las cosas olvidadas.

—¡Caminín! ¡Caminito!... —dijo al Camino Verde un emparrado verde, pero el Camino Verde no lo oyó. Quería que con el alma del Maestro le desquitase algo de su deuda de hojas y de sombra.

¿Cuántas lunas pasaron andando los caminos?

¿Cuántas lunas pasaron andando los caminos?

El más veloz, el Camino Negro, el camino al que ninguno habló en el camino, se detuvo en la ciudad, atravesó la plaza y en el barrio de los mercaderes, por un ratito de descanso, dio el alma del Maestro al Mercader de Joyas sin precio.

Era la hora de los gatos blancos. Iban de un lado a otro. ¡Admiración de los rosales! Las nubes parecían ropas en los tendederos del cielo.

Al saber el Maestro lo que el Camino Negro había hecho, tomó naturaleza humana nuevamente, desnudándose de la forma vegetal en un riachuelo que nacía bajo la luna ruborosa como una flor de almendro, y encaminóse a la ciudad.

Llegó al valle después de una jornada, en el primer dibujo de la tarde, a la hora en que volvían los rebaños, conversando los pastores, que contestaban monosilábicamente a sus preguntas, extrañados, como ante una aparición, de su túnica verde y su barba rosada.

En la ciudad se dirigió a Poniente. Hombres y mujeres rodeaban las pilas públicas. El agua sonaba a besos al ir llenando los cántaros. Y guiado por las sombras, en el barrio de los mercaderes encontró la parte de su alma vendida por el Camino Negro al Mercader de

Joyas sin precio. La guardaba en el fondo de una caja de cristal con cerradores de oro.

Sin perder tiempo se acercó al Mercader, que en un rincón fumaba, a ofrecerle por ella cien arrobas de perlas.

El Mercader sonrió de la locura del Maestro. ¿Cien arrobas de perlas? ¡No, sus joyas no tenían precio!

El Maestro aumentó la oferta. Los mercaderes se niegan hasta llenar su tanto. Le daría esmeraldas, grandes como maíces, de cien en cien almudes, hasta formar un lago de esmeraldas.

El Mercader sonrió de la locura del Maestro. ¿Un lago de esmeraldas? ¡No, sus joyas no tenían precio!

Le daría amuletos, ojos de namik para llamar el agua, plumas contra la tempestad, mariguana para su tabaco...

El Mercader se negó.

¡Le daría piedras preciosas para construir, a medio lago de esmeraldas, un palacio de cuento!

El Mercader se negó. Sus joyas no tenían precio, y, además ¿a qué seguir hablando?, ese pedacito de alma lo quería para cambiarlo, en un mercado de esclavas, por la esclava más bella.

Y todo fue inútil, inútil que el Maestro ofreciera y dijera, tanto como lo dijo, su deseo de recobrar el alma. Los mercaderes no tienen corazón.

Una hebra de humo de tabaco separaba la realidad del sueño, los gatos negros de los gatos blancos y al Mercader del extraño comprador, que al salir sacudió sus sandalias en el quicio de la puerta. El polvo tiene maldición.

Después de un año de cuatrocientos días —sigue la leyenda— cruzaba los caminos de la cordillera el Mercader. Volvía de países lejanos, acompañado de la esclava comprada con el alma del Maestro, del pájaro flor, cuyo pico trocaba en jacintos las gotitas de miel, y de un séquito de treinta servidores montados.

—¡No sabes —decía el Mercader a la esclava, arrendando su caballería— cómo vas a vivir en la ciudad! ¡Tu casa será un palacio y a tus órdenes estarán todos mis criados, yo el último, si así lo mandas tú!

—Allá —continuaba con la cara a mitad bañada por el sol— todo será tuyo. ¡Eres una joya, y yo soy el Mer-

cader de Joyas sin precio! ¡Vales un pedacito de alma
que no cambié por un lago de esmeraldas!... En una
hamaca juntos veremos caer el sol y levantarse el día, sin
hacer nada, oyendo los cuentos de una vieja mañosa que
sabe mi destino. Mi destino, dice, está en los dedos de
una mano gigante, y sabrá el tuyo, si así lo pides tú.

La esclava se volvía al paisaje de colores diluidos en
azules que la distancia iba diluyendo a la vez. Los árboles tejían a los lados de camino una caprichosa decora-
ción de güipil. Las aves daban la impresión de volar
dormidas, sin alas, en la tranquilidad del cielo, y en el
silencio de granito, el jadeo de las bestias, cuesta arriba,
cobraba acento humano.

La esclava iba desnuda. Sobre sus senos, hasta sus
piernas, rodaba su cabellera negra envuelta en un solo
manojo, como una serpiente. El Mercader iba vestido de
oro, abrigadas las espaldas con una manta de lana de
chivo. Palúdico y enamorado, al frío de su enfermedad
se unía el temblor de su corazón. Y los treinta servidores
montados llegaban a la retina como las figuras de un
sueño.

Repentinamente, aislados goterones rociaron el camino,
percibiéndose muy lejos, en los abajaderos, el grito de los
pastores que recogían los ganados, temerosos de la tempestad. Las cabalgaduras apuraron el paso para ganar un
refugio, pero no tuvieron tiempo: tras los goterones,
el viento azotó las nubes, violentando selvas hasta llegar
al valle, que a la carrera se echaba encima las mantas
mojadas de la bruma, y los primeros relámpagos ilumi-
naron el paisaje, como los fogonazos de un fotógrafo loco
que tomase instantáneas de tormenta.

Entre las caballerías que huían como asombros, rotas
las riendas, ágiles las piernas, grifa la crin al viento y
las orejas vueltas hacia atrás, un tropezón del caballo
hizo rodar al Mercader al pie de un árbol, que fulmina-
do por el rayo en ese instante, le tomó con las raíces
como una mano que recoge una piedra, y le arrojó al
abismo.

En tanto, el Maestro Almendro, que se había quedado
en la ciudad perdido, deambulaba como loco por las

calles, asustando a los niños, recogiendo basuras y dirigiéndose de palabra a los asnos, a los bueyes y a los perros sin dueño, que para él formaban con el hombre la colección de bestias de mirada triste.

—¿Cuántas lunas pasaron andando los caminos?... —preguntaba de puerta en puerta a las gentes, que cerraban sin responderle, extrañadas, como ante una aparición, de su túnica verde y su barba rosada.

Y pasado mucho tiempo, interrogando a todos, se detuvo a la puerta del Mercader de Joyas sin precio a preguntar a la esclava, única sobreviviente de aquella tempestad:

—¿Cuántas lunas pasaron andando los caminos?...

El sol, que iba sacando la cabeza de la camisa blanca del día, borraba en la puerta, claveteada de oro y plata, la espalda del Maestro y la cara morena de la que era un pedacito de su alma, joya que no compró con un lago de esmeraldas.

—¿Cuántas lunas pasaron andando los caminos?...

Entre los labios de la esclava se acurrucó la respuesta y endureció como sus dientes. El Maestro callaba con insistencia de piedra misteriosa. Llenaba la luna del Buho-Pescador. En silencio se lavaron la cara con los ojos, al mismo tiempo, como dos amantes que han estado ausentes y se encuentran de pronto.

La escena fue turbada por ruidos insolentes. Venían a prenderles en nombre de Dios y el Rey, por brujo a él y por endemoniada a ella. Entre cruces y espadas bajaron a la cárcel, el Maestro con la barba rosada y la túnica verde, y la esclava luciendo las carnes que de tan firmes parecían de oro.

Siete meses después, se les condenó a morir quemados en la Plaza Mayor. La víspera de la ejecución, el Maestro acercóse a la esclava y con la uña le tatuó un barquito en el brazo, diciéndole:

—Por virtud de este tatuaje, Tatuana, vas a huir siempre que te halles en peligro, como vas a huir hoy. Mi voluntad es que seas libre como mi pensamiento; traza este barquito en el muro, en el suelo, en el aire, donde quieras, cierra los ojos, entra en él y véte...

¡Véte, pues mi pensamiento es más fuerte que ídolo de barro amasado con cebollín!

¡Pues mi pensamiento es más dulce que la miel de las abejas que liban la flor del suquinay!

¡Pues mi pensamiento es el que se torna invisible!

Sin perder un segundo la Tatuana hizo lo que el Maestro dijo: trazó el barquito, cerró los ojos y entrando en él —el barquito se puso en movimiento—, escapó de la prisión y de la muerte.

Y a la mañana siguiente, la mañana de la ejecución, los alguaciles encontraron en la cárcel un árbol seco que tenía entre las ramas dos o tres florecitas de almendro, rosadas todavía.

El Sombrerón recorre los portales...

EN AQUEL apartado rincón del mundo, tierra prometida a una Reina por un Navegante loco, la mano religiosa había construido el más hermoso templo al lado de las divinidades que en cercanas horas fueran testigos de la idolatría del hombre —el pecado más abominable a los ojos de Dios—, y al abrigo de los vientos que montañas y volcanes detenían con sus inmensas moles.

Los religiosos encargados del culto, corderos de corazón de león, por flaqueza humana, sed de conocimientos, vanidad ante un mundo nuevo o solicitud hacia la tradición espiritual que acarreaban navegantes y clérigos, se entregaron al cultivo de las bellas artes y al estudio de las ciencias y la filosofía, descuidando sus obligaciones y deberes a tal punto, que, como se sabrá el Día del Juicio, olvidábanse de abrir el templo, después de llamar a misa, y de cerrarlo concluidos los oficios...

Y era de ver y era de oir y de saber las discusiones en que por días y noches se enredaban los más eruditos, trayendo a tal ocurrencia citas de textos sagrados, los más raros y refundidos.

Y era de ver y era de oir y de saber la plácida tertulia de los poetas, el dulce arrebato de los músicos y la inaplazable labor de los pintores, todos entregados a construir mundos sobrenaturales con los recados y privilegios del arte.

Reza en viejas crónicas, entre apostillas frondosas de letra irregular, que a nada se redujo la conversación de los filósofos y los sabios; pues, ni mencionan sus nombres, para confundirles la Suprema Sabiduría les hizo oir una voz que les mandaba se ahorraran el tiempo de escribir su obras. Conversaron un siglo sin entenderse nunca ni dar una plumada, y diz que cavilaban en tamaños errores.

De los artistas no hay mayores noticias. Nada se sabe de los músicos. En las iglesias se topan pinturas empolvadas de imágenes que se destacan en fondos pardos al pie de ventanas abiertas sobre panoramas curiosos por la novedad del cielo y el sinnúmero de volcanes. Entre los pintores hubo imagineros y a juzgar por las esculturas de Cristos y Dolorosas que dejaron, deben haber sido tristes y españoles. Eran admirables. Los literatos componían en verso, pero de su obra sólo se conocen palabras sueltas.

Prosigamos. Mucho me he detenido en contar cuentos viejos, como dice Bernal Díaz del Castillo en *La Conquista de Nueva España*, historia que escribió para contradecir a otro historiador; en suma, lo que hacen los historiadores.

Prosigamos con los monjes...

Entre los unos, sabios y filósofos, y los otros, artistas y locos, había uno a quien llamaban a secas el Monje, por su celo religioso y santo temor de Dios y porque se negaba a tomar parte en las discusiones de aquéllos y en los pasatiempos de éstos, juzgándoles a todos víctimas del demonio.

El Monje vivía en oración dulces y buenos días, cuando acertó a pasar, por la calle que circunda los muros del convento, un niño jugando con una pelotita de hule.

Y sucedió...

Y sucedió, repito para tomar aliento, que por la pequeña y única ventana de su celda, en uno de los rebotes, colóse la pelotita.

El religioso, que leía la Anunciación de Nuestra Señora en un libro de antes, vio entrar el cuerpecito extraño, no sin turbarse, entrar y rebotar con agilidad midiendo piso y pared, pared y piso, hasta perder el impulso y rodar a sus pies, como un pajarito muerto. ¡Lo sobrenatural! Un escalofrío le cepilló la espalda.

El corazón le daba martillazos, como a la Virgen desustanciada en presencia del Arcángel. Poco necesitó, sin embargo, para recobrarse y reír entre dientes de la pelotita. Sin cerrar el libro ni levantarse de su asiento, agachóse para tomarla del suelo y devolverla, y a devolverla iba cuando una alegría inexplicable le hizo cambiar de pensamiento: su contacto le produjo gozos de santo, gozos de artista, gozos de niño...

Sorprendido, sin abrir bien sus ojillos de elefante, cálidos y castos, la apretó con toda la mano, como quien hace un cariño, y la dejó caer en seguida, como quien suelta una brasa; mas la pelotita, caprichosa y coqueta, dando un rebote en el piso, devolvióse a sus manos tan ágil y tan presta que apenas si tuvo tiempo de tomarla en el aire y correr a ocultarse con ella en la esquina más oscura de la celda, como el que ha cometido un crimen.

Poco a poco se apoderaba del santo hombre un deseo loco de saltar y saltar como la pelotita. Si su primer intento había sido devolverla, ahora no pensaba en semejante cosa, palpando con los dedos complacidos su redondez de fruto, recreándose en su blancura de armiño, tentado de llevársela a los labios y estrecharla contra sus dientes manchados de tabaco; en el cielo de la boca le palpitaba un millar de estrellas...

—¡La Tierra debe ser esto en manos del Creador! —pensó.

No lo dijo porque en ese instante se le fue de las manos —rebotadora inquietud—, devolviéndose en el acto, con voluntad extraña, tras un salto, como una inquietud.

—¿Extraña o diabólica?...

Fruncía las cejas —brochas en las que la atención riega dentífrico invisible— y, tras vanos temores, reconciliábase con la pelotita, digna de él y de toda alma justa, por su afán elástico de levantarse al cielo.

Y así fue cómo en aquel convento, en tanto unos monjes cultivaban las Bellas Artes y otros las Ciencias y la Filosofía, el nuestro jugaba en los corredores con la pelotita.

Nubes, cielo, tamarindos... Ni un alma en la pereza del camino. De vez en cuando, el paso celeroso de bandadas de pericas domingueras comiéndose el silencio. El día salía de las narices de los bueyes, blanco, caliente, perfumado.

A la puerta del templo esperaba el monje, después de llamar a misa, la llegada de los feligreses, jugando con la pelotita que había olvidado en la celda. ¡Tan liviana, tan ágil, tan blanca!, repetíase mentalmente. Luego, de viva voz, y entonces el eco contestaba en la iglesia, saltando como un pensamiento:

¡Tan liviana, tan ágil, tan blanca!... Sería una lástima perderla. Esto le apenaba, arreglándoselas para afirmar que no la perdería, que nunca le sería infiel, que con él la enterrarían..., tan liviana, tan ágil, tan blanca...

¿Y si fuese el demonio?

Una sonrisa disipaba sus temores: era menos endemoniada que el Arte, las Ciencias y la Filosofía, y, para no dejarse mal aconsejar por el miedo, tornaba a las andadas, tentando de ir a traerla, enjuagándose con ella de rebote en rebote..., tan liviana, tan ágil, tan blanca...

Por los caminos —aún no había calles en la ciudad trazada por un teniente para ahorcar— llegaban a la iglesia hombres y mujeres ataviados con vistosos trajes, sin que el religioso se diera cuenta, arrobado como estaba en sus pensamientos. La iglesia era de piedras grandes; pero, en la hondura del cielo, sus torres y cúpula perdían peso, haciéndose ligeras, aliviadas, sutiles. Tenía tres puertas mayores en la entrada principal, y entre ellas, grupos de columnas salomónicas, y altares dorados, y bóvedas y pisos de un suave color azul. Los santos estaban como peces inmóviles en el acuoso resplandor del templo.

Por la atmósfera sosegada se esparcían tuteos de palomas, balidos de ganados, trotes de recuas, gritos de
arrieros. Los gritos abríanse como lazos en argollas infi-
nitas, abarcándolo todo: alas, besos, cantos. Los rebaños,
al ir subiendo por las colinas, formaban caminos blancos,
que al cabo se borraban. Caminos blancos, caminos móviles, caminitos de humo para jugar una pelota con un
monje en la mañana azul...

—¡Buenos días le dé Dios, señor!

La voz de una mujer sacó al monje de sus pensamientos. Traía de la mano a un niño triste.

—¡Vengo, señor, a que, por vida suya, le eche los
Evangelios a mi hijo, que desde hace días está llora que
llora, desde que perdió aquí, al costado del convento,
una pelota que, ha de saber su merced, los vecinos asegu-
raban era la imagen del demonio...

(... tan liviana, tan ágil, tan blanca...)

El monje se detuvo de la puerta para no caer del
susto, y, dando la espalda a la madre y al niño, escapó
hacia su celda, sin decir palabra, con los ojos nublados
y los brazos en alto.

Llegar allí y despedir la pelotita, todo fue uno.

—¡Lejos de mí, Satán! ¡Lejos de mí, Satán!

La pelota cayó fuera del convento —fiesta de brincos
y rebrincos de corderillo en libertad—, y, dando su salto
inusitado, abrióse como por encanto en forma de sombrero negro sobre la cabeza del niño, que corría tras
ella. Era el sombrero del demonio.

Y así nace al mundo el Sombrerón.

Leyenda del tesoro
del Lugar Florido

¡El Volcán despejado era la guerra!

SE IBA apagando el día entre las piedras húmedas de
la ciudad, a sorbos, como se consume el fuego en la
ceniza. Cielo de cáscara de naranja, la sangre de las
pitahayas goteaba entre las nubes, a veces coloreadas
de rojo y a veces rubias como el pelo del maíz o el
cuero de los pumas. *colores en el cielo*

En lo alto del templo, un vigilante vio pasar una
nube a ras del lago, casi besando el agua, y posarse a
los pies del volcán. La nube se detuvo, y tan pronto
como el sacerdote la vio cerrar los ojos, sin recogerse
el manto, que arrastraba a lo largo de las escaleras,
bajó al templo gritando que la guerra había concluido.
Dejaba caer los brazos, como un pájaro las alas, al
escapar el grito de sus labios, alzándolos de nuevo a
cada grito. En el atrio, hacia Poniente, el sol puso en
sus barbas, como en las piedras de la ciudad, un poco
de algo que moría...

A su turno partieron pregoneros anunciando a los
cuatro vientos que la guerra había concluido en todos
los dominios de los señores de Atitlán.

Y ya fue noche de mercado. El lago se cubrió de luces. Iban y venían las barcas de los comerciantes, alumbradas como estrellas. Barcas de vendedores de frutas. Barcas de vendedores de vestidos y calzas. Barcas de vendedores de jadeítas, esmeraldas, perlas, polvo de oro, cálamos de pluma llenos de aguas aromáticas, brazaletes de caña blanca. Barcas de vendedores de miel, chile verde y en polvo, sal y copales preciosos. Barcas de vendedores de tintes y plumajería. Barcas de vendedores de trementina, hojas y raíces medicinales. Barcas de vendedores de gallinas. Barcas de vendedores de cuerdas de maguey, zibaque para esteras, pita para hondas, ocote rajado, vajilla de barro pequeña y grande, cueros curtidos y sin curtir, jícaras y máscaras de morro. Barcas de vendedores de guacamayos, loros, cocos, resina fresca y ayotes de muy gentiles pepitas...

Las hijas de los señores paseaban al cuidado de los sacerdotes, en piraguas alumbradas como mazorcas de maíz blanco, y las familias de calidad, llevando comparsa de músicos y cantores, alternaban con las voces de los negociantes, diestros y avisados en el regatear.

El bullicio, empero, no turbaba la noche. Era un mercado flotante de gente dormida, que parecía comprar y vender soñando. El cacao, moneda vegetal, pasaba de mano a mano sin ruido, entre nudos de barcas y de hombres.

Con las barcas de volatería llegaban el cantar de los cenzontles, el aspaviento de los chorchas, el parloteo de los pericos... Los pájaros costaban el precio que les daba el comprador, nunca menos de veinte granos, porque se mercaban para regalos de amor.

En las orillas del lago se perdían, temblando entre la arboleda, la habladera y las luces de los enamorados y los vendedores de pájaros.

Los sacerdotes amanecieron vigilando el Volcán desde los grandes pinos. Oráculo de la paz y de la guerra, cubierto de nubes era anuncio de paz, de seguridad en el Lugar Florido, y despejado, anuncio de guerra, de invasión enemiga. De ayer a hoy se había cubierto de vellones por entero, sin que lo supieran los girasoles ni los colibríes.

Era la paz. Se darían fiestas. Los sacrificadores iban en el templo de un lado a otro, preparando trajes, aras y cuchillos de obsidiana. Ya sonaban los tambores, las flautas, los caracoles, los atabales, los tunes. Ya estaban adornados los sitiales con respaldo. Había flores, frutos, pájaros, colmenas, plumas, oro y piedras caras para recibir a los guerreros. De las orillas del lago se disparaban barcas que llevaban y traían gente de vestidos muticolores, gente con no sé qué de vegetal. Y las pausas espesaban la voz de los sacerdotes, cubiertos de mitras amarillas y alineados de lado a lado de las escaleras, como trenzas de oro, en el templo de Atit.

—¡Nuestros corazones reposaron a la sombra de nuestras lanzas! —clamaban los sacerdotes...

—¡Y se blanquearon las cavidades de los árboles, nuestras casas, con detritus de animales, águila y jaguar!...

—¡Aquí va el cacique! ¡Es éste! ¡Este que va aquí! —parecían decir los eminentes, barbados como dioses viejos, e imitarles las tribus olorosas a lago y a telar—. ¡Aquí va el cacique! ¡Es éste! ¡Este que va aquí!...

—¡Allí veo a mi hijo, allí, allí, en esa fila! —gritaban las madres, con los ojos, de tanto llorar, suaves como el agua.

¡Aquél —interrumpían las doncellas— es el dueño de nuestro olor! ¡Su máscara de puma y las plumas rojas de su corazón!

Y otro grupo, al paso:

—¡Aquél es el dueño de nuestros días! ¡Su máscara de oro y sus plumas de sol!

Las madres encontraban a sus hijos entre los guerreros, porque conocían sus máscaras, y las doncellas, porque sus guardadores les anunciaban sus vestidos.

Y señalando al cacique:

—¡Es él! ¿No veis su pecho rojo como la sangre y sus brazos verdes como la sangre vegetal? ¡Es sangre de árbol y sangre de animal! ¡Es ave y árbol! ¿No veis la luz en todos sus matices sobre su cuerpo de paloma?

¿No veis sus largas plumas en la cola? ¡Ave de sangre verde! ¡Arbol de sangre roja! ¡Kukul! ¡Es él! ¡Es él!

Los guerreros desfilaban, según el color de sus plumas, en escuadrones de veinte, de cincuenta y de cien. A un escuadrón de veinte guerreros de vestidos y penachos rojos, seguían escuadrones de cuarenta de penachos y vestidos verdes y de cien guerreros de plumas amarillas. Luego los de las plumas de varios matices, recordando el guacamayo, que es el engañador. Un arco iris en cien pies...

—¡Cuatro mujeres se aderezaron con casacas de algodón y flechas! ¡Ellas combatieron parecidas en todo a cuatro adolescentes! —se oía la voz de los sacerdotes a pesar de la muchedumbre, que, sin estar loca, como loca gritaba frente al templo de Atit, henchido de flores, racimos de frutas y mujeres que daban a sus senos color y punta de lanzas.

El cacique recibió en el vaso pintado de los baños a los mensajeros de los hombres de Castilán, que enviaba el Pedro de Alvarado, con muy buenas palabras, y los hizo ejecutar en el acto. Después vestido de plumas rojas el pecho y verdes los brazos, llevando manto de finísimos bordados de pelo de ala tornasol, con la cabeza descubierta y los pies desnudos en sandalias de oro, salió a la fiesta entre los Eminentes, los Consejeros y los Sacerdotes. Veíase en su hombro una herida simulada con tierra roja y lucía tantas sortijas en los dedos que cada una de sus manos remedaba un girasol.

Los guerreros bailaban en la plaza asaeteando a los prisioneros de guerra, adornados y atados a la faz de los árboles.

Al paso del cacique, un sacrificador, vestido de negro, puso en sus manos una flecha azul.

El sol asaeteaba a la ciudad, disparando sus flechas desde el arco del lago...

Los pájaros asaeteaban el lago, disparando sus flechas desde el arco del bosque...

Los guerreros asaeteaban a las víctimas, cuidando de no herirlas de muerte para prolongar la fiesta y su agonía.

El cacique tendió el arco y la flecha azul contra el más joven de los prisioneros, para burlarlo, para adorarlo. Los guerreros en seguida lo atravesaron con sus flechas, desde lejos, desde cerca, bailando al compás de los atabales.

De improviso, un vigilante interrumpió la fiesta. ¡Cundió la alarma! El ímpetu y la fuerza con que el Volcán rasgaba las nubes anunciaban un poderoso ejército en marcha sobre la ciudad. El cráter aparecía más y más limpio. El crepúsculo dejaba en las peñas de la costa lejana un poco de algo que moría sin estruendo, como las masas blancas, hace un instante inmóviles y ahora presas de agitación en el derrumbamiento. Lumbreras apagadas en las calles... Gemidos de palomas bajo los grandes pinos... ¡El Volcán despejado era la guerra!...

—¡Te alimenté pobremente de mi casa y mi recolección de miel; yo habría querido conquistar la ciudad, que nos hubiera hecho ricos! —clamaban los sacerdotes vigilantes desde la fortaleza, con las manos lustradas extendidas hacia el Volcán, exento en la tiniebla mágica del lago, en tanto los guerreros se ataviaban y decían:

—¡Que los hombres blancos se confundan viendo nuestras armas! ¡Que no falte en nuestras manos la pluma tornasol, que es flecha, flor y tormenta primaveral! ¡Que nuestras lanzas hieran sin herir!

Los hombres blancos avanzaban; pero apenas se veían en la neblina. ¿Eran fantasmas o seres vivos? No se oían sus tambores, no sus clarines, no sus pasos, que arrebataba el silencio de la tierra. Avanzaban sin clarines, sin pasos, sin tambores.

En los maizales se entabló la lucha. Los del Lugar Florido pelearon buen rato, y derrotados, replegáronse a la ciudad, defendida por una muralla de nubes que giraba como los anillos de Saturno.

Los hombres blancos avanzaban sin clarines, sin pasos, sin tambores. Apenas se veían en la neblina sus espadas, sus corazas, sus lanzas, sus caballos. Avanzaban sobre la ciudad como la tormenta, barajando nubarrones, sin indagar peligros, avasalladores, férreos, inatacables, entre centellas que encendían en sus manos fuegos efímeros de efímeras luciérnagas; mientras, parte de las tribus se aprestaba a la defensa y parte huía por el lago con el tesoro del Lugar Florido a la falda del Volcán, despejado en la remota orilla, trasladándolo en barcas que los invasores, perdidos en diamantino mar de nubes, columbraban a lo lejos como explosiones de piedras preciosas.

No hubo tiempo de quemar los caminos. ¡Sonaban los clarines! ¡Sonaban los tambores! Como anillo de nebulosas se fragmentó la muralla de la ciudad en las lanzas de los hombres blancos, que, improvisando embarcaciones con troncos de árboles, precipitáronse de la población abandonada a donde las tribus enterraban el tesoro. ¡Sonaban los clarines! ¡Sonaban los tambores! Ardía el sol en los cacaguatales. Las islas temblaban en las aguas conmovidas, como manos de brujos extendidas hacia el Volcán.

¡Sonaban los clarines! ¡Sonaban los tambores!

A los primeros disparos de los arcabuces, hechos desde las barcas, las tribus se desbandaron por las arroyadas, abandonando perlas, diamantes, esmeraldas, ópalos, rubíes, amargajitas, oro en tejuelos, oro en polvo, oro trabajado, ídolos, joyas, chalchihuitls, andas y doseles de plata, copas y vajillas de oro, cerbatanas recubiertas de una brisa de aljófar y pedrería cara, aguamaniles de cristal de roca, trajes, instrumentos y tercios cien y tercios mil de telas bordadas con rica labor de pluma; montaña de tesoros que los invasores contemplaban desde sus barcas deslumbrados, disputando entre ellos la mejor parte del botín. Y ya para saltar a tierra —¡sonaban los clarines!, ¡sonaban los tambores!— percibieron, de pronto, el resuello del Volcán. Aquel respirar lento del Abuelo del Agua les detuvo; pero, resueltos a todo, por segunda vez intentaron desembarcar a merced de un viento favorable y apoderarse del tesoro. Un chorro de fuego les barrió el camino. Escupida de sapo gigantesco. ¡Callaron los clarines! ¡Callaron los tambores! Sobre las aguas flotaban los tizones como rubíes y los rayos de sol como diamantes, y, chamuscados dentro de sus corazas, sin

gobierno sus naves, flotaban a la deriva los de Pedro de
Alvarado, viendo caer, petrificados de espanto, lívidos
ante el insulto de los elementos, montañas sobre montañas, selvas sobre selvas, ríos y ríos en cascadas, rocas
a puñados, llamas, cenizas, lava, arena, torrentes, todo
lo que arrojaba el Volcán para formar otro volcán
sobre el tesoro del Lugar Florido, abandonado por las
tribus a sus pies, como un crepúsculo.

MÁS ALLÁ de los peces el mar se quedó solo. Las raíces habían asistido al entierro de los cometas en la planicie inmensa de lo que ya no tiene sangre, y estaban fatigadas y sin sueño. Imposible prever el asalto. Evitar el asalto. Cayendo las hojas y brincando los peces. Se acortó el ritmo de la respiración vegetal y se enfrió la savia al entrar en contacto con la sangre helada de los asaltantes elásticos.

Un río de pájaros desembocaba en cada fruta. Los peces amanecieron en la mirada de las ramas luminosas. Las raíces seguían despiertas bajo la tierra. Las raíces. Las más viejas. Las más pequeñas. A veces encontraban en aquel mar de humus, un fragmento de estrella o una ciudad de escarabajos. Y las raíces viejas explicaban: En este aerolito llegaron del cielo las hormigas. Los gusanos pueden decirlo, no han perdido la cuenta de la oscuridad.

Juan Poyé buscó bajo las hojas el brazo que le faltaba, se lo acababan de quitar y qué cosquilla pasarse los movimientos al cristalino brazo de la cerbatana. El temblor lo despertó medio soterrado, aturdido por el olor de la noche. Pensó restregarse las narices con el brazo-mano que le faltaba. ¡Hum!, dijo, y se pasó el movimiento al otro brazo, al cristalino brazo de la cerbatana. Hedía a hervor de agua, a cacho quemado, a pelo quemado, a carne quemada, a árbol quemado. Se oyeron los coyotes. Pensó agarrar el machete con el brazo-mano que le faltaba. ¡Hum!, dijo, y se pasó el movimiento al otro brazo. Tras los coyotes fluía el catarro de la tierra, lodo con viruela caliente, algo que no se veía bien. Su mujer dormía. Los senos sobre las cañas del tapexco, bulto de tecomates, y el cachete aplastado contra la paja que le servía de almohada. La Poyé despertó a los enviones de su marido, abrió los ojos de agua nacida en el fondo de un matorral y dijo, cuando pudo hablar: ¡Masca copal, tiembla copal! El reflejo se iba afilando, como cuando el cometa. Poyé reculó ante la luz, seguido de su mujer, como cuando el cometa. Los árboles ardían sin alboroto, como cuando el cometa.

Algo pasó. Por poco se les caen los árboles de las manos. Las raíces no saben lo que pasó por sus dedos. Si sería parte de su sueño. Sacudida brusca acompañada de ruidos subterráneos. Y todo hueco en derredor del mar. Si sería parte de su sueño. Y todo profundo alrededor del mar.

¡Hum!, dijo Juan Poyé. No pudo mover el brazo que le faltaba y se pasó el movimiento al cristalino brazo de la cerbatana. El incendio abarcaba los montes más lejanos. Se pasó el movimiento al brazo por donde el agua de su cuerpo iba a todo correr al cristalino brazo de la cerbatana. Se oían sus dientes, piedras de río, entrechocar de miedo, la arena movediza de sus pies a rastras y sus reflejos al tronchar el monte con las uñas. Y con él iba su mujer, la Juana Poyé, que de él no se diferenciaba en nada, era de tan buena agua nacida.

Algo pasó. Por poco se les caen los árboles de las manos. Las raíces no supieron lo que pasó por sus dedos. Y de la contracción de las raíces en el temblor, nacieron los telares. Si sería parte de su sueño. El incendio no alcanzaba a las raíces de las ceibas, hinchadas en la fresca negrura de los terrenos en hamaca. Y así nacieron los telares. El mar se lamía y relamía del gusto de sentirse sin peces. Si sería parte de su sueño. Los árboles se hicieron humo. Si sería parte de su sueño. El temblor primaveral enseñaba a las raíces el teje y maneje de la florescencia en lanzadera por los hilos del telar, y como andaban libres los copales preciosos, platino, oro, plata, los mascarían para bordar con saliva de meteoro los oscuros güipiles de la tierra.

Juan Poyé sacó sus ramas al follaje de todos los ríos. El mar es el follaje de todos los ríos. ¡Hum!, le dijo su mujer, volvamos atrás. Y Juan Poyé hubiera querido volver atrás. ¡Cuereá de regreso!, le gritó su mujer. Y Juan Poyé hubiera querido cuerear de regreso. Se desangraba en lo inestable. ¡Qué gusto el de sus aguas con sabor de montaña! ¡Qué color el de sus aguas, como azúcar azul!

Una gran mancha verde empezó a rodearlo. Excrecencia de civilizaciones remotas y salóbregas. Baba de sargazos en llanuras tan extensas como no las había recorrido en tierra. Otra mancha empezó a formarse a distancia insituable, horizonte desconsolado de los jades elásticos del mar. Poyé no esperó. Al pintar más lejos una tercera mancha de agua jadeante, recorrida por ramazones de estrellas en queda explosión de nácar, echó atrás, cuereó de regreso, mas no pudo remontar sus propias aguas y se ahogó, espumaraje de iguana, después de flotar flojo y helado en la superficie mucho tiempo.

Ni Juan Poyé ni la Juana Poyé. Pero si mañana llueve en la montaña, si se apaga el incendio y el humo se queda quieto, infinitamente quieto como en el carbón, el amor propio hondo de las piedras juntará gotitas de agresiva dulzura y aparecerá nuevo el cristalino brazo de la cerbatana. Sólo las raíces. Las raíces profundas. El aire lo quemaba todo en la igualdad de la sombra limpia. Fuego celeste al sur. Ni una mosca verde. Ni un cocodrilo con caca de pájaro en la faltriquera. Ni un eco. Ni un sonido. Sueño vidrioso de lo que carece de sueño, del cuarzo, de la piedra pómez más ligera que el agua, del mármol insomne bajo sábanas de tierra. Sólo las raíces profundas seguían pegadas a sus telares. Ave caída era descuartizada por las raíces de los mangles, antes que la devoraran los ojos del incendio, cazador en la marisma, y las raíces de los cacahuatales, olorosas a chocolate, atrapaban a los reptiles ampollados ya por el calor. La vida se salvaba en los terrenos vegetales, por obra de las raíces tejedoras, regadas por el cristalino brazo de la cerbatana. Pero ahora ni en invierno venía Juan Poyé —Juana Poyé—. Años. Siglos.

Diecinueve mil leguas de aire sobre el mar. Y toda la impecable geometría de las pizarras de escama navegante, de los pórfidos verdes bajo alambores de astros centelleantes, de las porcelanas de granitos colados en natas de leche, de los espejos escamosos de azogue sobre arenas móviles, de sombras de aguafuerte en terrenos veteados de naranjas y ocres. Crecimiento exacto de un silencio desesperante, residuo de alguna nebulosa. Y la vida de dos reinos acabando en los terrenos vegetales acartonados por la sequedad de la atmósfera y la sed en rama del incendio.

Sonoridad de los vestidos estelares en la mudez vaciante del espacio. Catástrofe de luna sobre rebaños inmóviles de sal. Frenos de marcas muertas entre dientes de olas congeladas, afiladas, acuchillantes. Afuera. Adentro.

Hasta donde los minerales sacudían su tiniebla mansa, volvió su presencia flúida a turbar el sueño de la tierra. Reinaba humedad de estancia oscura y todo era y se veía luminoso. Un como sueño entre paredes de manzana-rosa, contiguo a los intestinos de los peces. Una como necesidad fecal del aire, en el aire enteramente limpio, sin el olor a moho, ni el frío de cáscara de papa que fue tomado al acercarse la noche y comprender los minerales que no obstante la destrucción de todo por el fuego, las raíces habían seguido trabajando para la vida en sus telares, nutridas en secreto por un río manco. Juan Poyé

¡Hum!, dijo Juan Poyé. Una montaña se le vino encima. Y por defenderse con el brazo que le faltaba perdió tiempo y ya fue de mover el otro brazo en el

declive, para escapar maltrecho. Pedazos de culebra ma-
cheteada. Chayes de espejo. Olor a lluvia en el mar. De
no ser el instinto se queda allí tendido, entre cerros que
lo atacaban con espolones de piedras hablantes. Sólo su
cabeza, ya sólo su cabeza rodaba entre espumarajes de
cabellos largos y fluviales. Sólo su cabeza. Las raíces
llenaban de savia los troncos, las hojas, las flores, los
frutos. Por todas partes se respiraba un aire vivo, fácil,
vegetal, y pequeñas babosidades con músculos de musgo
tierno entraban y salían de agujeros secretos, ocultos en
la pedriza quemante de la sed.

Juan Poyé reapareció en sus nietos. Una gota de su
inmenso caudal en el vientre de la Juana Poyé engen-
dró las lluvias, de quienes nacieron los ríos navegables.
Sus nietos.

La noticia de Juan Poyé-Juana Poyé termina aquí,
según.

2

Los ríos navegables, los hijos de las lluvias, los del
comercio carnal con el mar, andaban en la superficie
de la tierra y dentro de la tierra en lucha con las
montañas, los volcanes y los llanos engañadores que se
paseaban por el suelo comido de abismos, como balsas
móviles. Encuentros estelares en el tacto del barro, en
el fondo del cielo, que fijaba la mirada cegatona de
los crisopacios, en el sosegado desorden de las aguas
errantes sobre lechos invisibles de arenas esponjosas, y
en el berrinche de los pedernales enfurecidos por el rayo.

Otro temblor de tierra y el aspavimiento del líquido
desalojado por la sacudida brutal. Nubes subterráneas
de ruido compacto. Polvo de barrancos elásticos. Nuevas sacudidas. La vida vegetal surgía aglutinante. La
bajaban del cielo los hijos navegables de las lluvias y
donde el envoltorio de la tierra se rasgaba asiéndose
a rocas más y más profundas o flameaba en cimas es-
trelladas, vientos de sudor vegetal se apresuraban a de-

positar la capa de humus necesaria a la semilla de las nebulosas tiernas.

Pero a cada planta, a cada intento vegetal, sucedíanse nuevas catástrofes, enfriamientos y derrames de arcilla en ebullición. La corrupción de los metales hacía irrespirable el sol, en el ambiente envenenado y seco.

Se acercaban los tiempos de la lucha del Cactus con el Oro. El Oro atacó una noche a la planta costrosa de las grandes espinas. El Cactus se enroscó en forma de serpiente de muchas cabezas, sin poder escapar a la lluvia rubia que lo bañaba de finísimos hilos.

El estruendo de alegría de los minerales apagó el lamento de la planta que en forma de ceniza verde quedó como recuerdo en una roca. E igual suerte corrieron otros árboles. El morro ennegreció sus frutos con la quemadura profunda. La pitahaya quedó ardiendo como una brasa.

Los ríos se habituaron, poco a poco, a la lucha de exterminio en que morían en aquel vivir a gatas tras de los cerros, en aquel saltar barrancos para salvarse, en aquel huir tierra adentro, por todo el oscuro reino del tacto y las raíces tejedoras.

Y, poco a poco, en lo más hondo de la lluvia, empezó a escucharse el silencio de los minerales, como todavía se escucha, callados en el interior de ellos mismos, con los dientes desnudos en las grietas y siempre dispuestos a romper la capa de tierra vegetal, sombra de nube de agua alimentada por los ríos navegables, sueño que facilitó la segunda llegada del Cristalino Brazo de la Cerbatana.

Cristalino Brazo de la Cerbatana. Su cabellera de burbujas-raíces en el agua sonámbula. Sus ooojooos. Calmó un instante las inquietudes primaverales de la tierra, para alarmarla más tarde con la felicidad que iba comunicando a todo su presencia de esponja, su risa de leche, como herida en tronco de palo de hule, y sus órganos genitales sin sostén en el aire. Miel en desorden tropical. Y la primera sensación amorosa de espaldas al equinoccio, en el regocijo de las vértebras, todavía espinas de pececillo voraz.

Cristalino Brazo de la Cerbatana puso fin a la lucha

de los minerales candentes y los ríos navegables; pero
con él empezó la nueva lucha, el nuevo incendio, el celo
solar, la quemadura en verde, en rojo, en negro, en
azul y en amarillo de la savia con sueño de reptil, entre
emanaciones sulfurosas y frío resplandor de trementinas.

Ciego, casi pétreo, velloso de humedad, el primer
animal tramaba y destramaba quién sabe qué angustia.
Picazón de las encías arcillosas en el bochorno de la
siesta. Cosquilla mordedora del grano bajo la tuza, en
la mazorca de maíz. Sufrimiento de los zarcillos uñudos.
Movimiento de las trepadoras. Vuelo de carniceros exacto y afilado. El musgo, humo del incendio-lago en que
ardía Cristalino Brazo de la Cerbatana, iba llenando las
axilas de unos hombres y mujeres hechos de rumores,
con las uñas de haba y corazonadas regidas por la luna
que en la costa ampolla y desampolla los océanos, que
abre y cierra los nepentes, que destila a las arañas, que
hace tiritar a las gacelas.

3

En cada poro de su piel de jícara lustrosa, había un
horizonte y se le llamó Chorro de Horizontes desde que
lo trajo Cristalino Brazo de la Cerbatana, hasta ahora
que ya no se le llama así. Las algas marcaron sus pies
de maíz con ramazones que hacen sus pasos inconfundi-
bles. Cinco yemas por cada pie, el talón y la ramazón.
Donde deja su huella parece que acaba de salir del mar.

Chorro de Horizontes pudo permanecer largo tiempo
no muy erguido, pero en pie. Al final de dos afluentes
de carne le colgaban las manos. Sus dos manos con nerva-
duras de hojas, las hojas que dejaron en ellas como en
tamales de maíz, estampado su origen vegetal.

Se le agrietó la boca, al tocar un bejuco, para decir
algo que no dijo. Un pequeño grito. El bejuco se le iba
de la punta de los dedos, aun cuando él subía y bajaba
las manos por su mínima superficie circular. Y empleó
el bejuco, realidad mágica, para expresar su soledad ge-
nésica, su angustia de sentirse poroso.

Y la primera ciudad se llamó Serpiente con Chorros de Horizontes, a la orilla de un río de garzas rosadas, bajo un cielo de colinas verdes, donde se dieron las leyes del amor que aún conservan el secreto encanto de las leyes que rigen a las flores.

Chorro de Horizontes se desnudó de sus atavíos de guerra para vestir su sexo y por nueve días, antes de abultar la luna, estuvo tomando caldo de nueve gallinas blancas día a día, hasta sentirse perfecto. Luego, en luna creciente, tuvo respiración de mujer bajo su pecho y después se quedó un día sin hablar, con la cabeza cubierta de hojas verdes y la espalda de flores de girasol. Y sólo podía ver al suelo, como mendigo, hasta que la mujer que había preñado vino a botarle una flor de maíz sobre los pies. Nunca en luna menguante tuvo respiración de mujer bajo su pecho, por más que todo el cuerpo le comiera como remolino.

Esto pasaba en la Ciudad de Serpiente con Chorros de Horizontes, de donde se fueron los hombres engusanados de viento y quedó solo el río con los templos de piedra sin peso, con las fortalezas de piedra sin peso, con las casas de piedra sin peso, que reflejo de ciudad fue la Ciudad de Serpiente con Chorros de Horizontes.

Los hombres empezaron a olvidar las leyes del amor en las montañas, a tener respiración de mujer bajo su pecho en los menguantes, sin los nueve días de caldo de nueve gallinas blancas cada día, ni el estar después con la cabeza envuelta en hojas y la espalda cubierta con flores de girasol, callados, viendo para el suelo. De donde nacieron hijos que no traían en cada poro un horizonte, enfermos, asustadizos, y con las piernas que se les podían trenzar.

El invierno pudría la madera con que estos hombres de menguante construyeron su ciudad en la montaña. Seres babas que para hacerse temer aprendieron a esponjarse la cabeza con peinados sonoros, a pintarse la piel de amarillo con cáscara de palo de oro, los párpados de verde con hierbas, los labios de rojo con achiote, las uñas de negro con nije, los dientes de azul con jiquilite. Un pueblo con crueldad de niño, de espina, de máscara. La magia sustituía con símbolos de colores sin mezcla, el dolor de las bestias que perdían las quijadas de tanto lamentarse en el sacrificio. Se acercaban los tiempos de la primera invasión de las arañas guerreadoras, las de los ojos de fuera y constante temblor de cólera en las patas zancajonas y peludas, y en todo el cuerpo. Los hombres pintados salieron a su encuentro. Pero fueron vanos el rojo, el amarillo, el verde, el negro, el blanco y el azul de sus máscaras y vestidos, ante el avance de las arañas que, en formación de azacuanes, cubrían montes, cuevas, bosques, valles, barrancas.

Y allí perecieron los hombres pintados del menguante lunar, los que ahora están en el fondo de las vasijas y no se ven, los que adornan las jícaras por fuera y sí se ven, sin dejar más descendencia que algunos enfermos de envés de güipil o tiña dulce, por culpa de su crueldad simbolizada en los colores.

Sólo el Río de las Garzas Rosadas quedó en la Ciudad de Serpiente con Chorros de Horizontes, que era una ciudad de reflejos en red de pájaros, dicen, dicen, y otros dicen que era una ciudad de piedra pómez arrodillada donde el Cactus fue vencido por el Oro. Sólo el río, y se le veía andar, sin llevarse la ciudad reflejada, apenas sacudida por las pestañas de su corriente. Pero un día quiso saber de los hombres perdidos en la montaña, se salió de su cauce y los fue buscando con sus inundaciones. Ni los descendientes. Poco se sabe de su encuentro con las arañas guerreras. Sus formaciones lo atacaron desde los árboles, desde las piedras, desde los riscos, en una planicie rodeada de pequeñas colinas. Ruido de agua que pasa por coladeras, atronó sus oídos y se sintió largo tiempo con sabor humano, entre las patas de las arañas, que habían chupado la sangre de los hombres aniquilados en la montaña.

4

La Diosa Invisible de las Palomas de la Ausencia, fundadora de otra ciudad cerca del mar, donde se te-

nía noticia de la Ciudad que se llamó Serpiente con
Chorros de Horizontes, supo que llegaba a la costa un
río mensajero de las más altas montañas y mandó que
los campos florecieran a su paso doce lugares antes,
para que entrara a la ciudad vestido de pétalos, embria-
gado de aromas, pronto a contar lo que olvidaron los
hombres del reino del amor.

Y en las puertas de la ciudad que era también de
templos palacios y fortalezas sin peso, dulce de estar
en el agua honda de la bahía recogida como en una
concha, lo saludaron palabras canoras en pedacitos de
viento envueltos en plumas de colores.

¡Tú, Esposo de las Garzas Rosadas, el de la carne
de sombra azul y esqueleto de la zarza dorada, nieto
de Juan Poyé - Juana Poyé, hijo navegable de las lluvias, bienvenido seas a la Ciudad de la Diosa Invisible
de las Palomas de la Ausencia!

El río entró jugando con las arenas blancas de una
playa que, como alfombra, habían tendido para él esa
mañana los pájaros marinos.

¡Que duerma!, dijeron las columnas de un templo
sin techo que en el agua corriente palpitaba, imagen
de la Diosa Invisible de las Palomas de Ausencia.

¡Que duerma! ¡Que lo vele una doble fila de nubes
sacerdotales! ¡Que no lo despierten los pájaros mañana!
¡Que no lo picoteen los pájaros mañana!

Apareadas velas de barcos de cristal y sueño, se acer-
caron; pero en una de las velas llegó dormida y su
reflejo de carne femenina tomó forma de mujer al entrar en las aguas del río mezcladas con la sangre de los
hombres del menguante lunar. Esplendor luminoso y
crujida de dientes frescos como granizo alrededor de
los senos en miel, de las caderas en huidiza pendiente,
del sexo, isla de tierra rosada en la desembocadura, frente
al mar.

Y así fue como hombres y mujeres nacidos de menguante, poblaron la Ciudad de la Diosa Invisible de
las Palomas de la Ausencia. Del río oscuro salían las
arañas.

5

Una erupción volcánica de chorchas anunció el aparecimiento de Saliva de Espejo, el Guacamayo. Empezó
entonces la vida de los hombres contra la corriente,
reflejo-realidad de pueblos que emigraban de la desembocadura a la montaña. Imantados por el azul del
cielo, emigraban desde el azul del mar. Contra las pun-
tas negras de los senos de las mujeres sacaban chispas
al pedernal. Lo que sólo era un símbolo, como fue
simbolizada con la caricia de la mano en el sexo fe-
menino, la alegría del hallazgo del fuego en la tiniebla.

Pueblos peregrinos. Pueblos de hombres contra la
corriente. Pueblos que subieron el clima de la costa a
la montaña. Pueblos que entibiaron la atmósfera con su
presencia, para dar nacimiento al trópico de menguante,
donde el sol, lejos de herir, se esponja como gallina ante
un espejo.

Las raíces no paraban. Vivir para tejer. Los minerales
habían sido vencidos hasta en lo más expuesto de las
montañas y por chorros borbotaba el verde en el horizonte redondo de los pájaros.

Se dictaron de nuevo las Leyes del Amor, obedecidas
en la primera ciudad que se llamó Serpiente con Chorros
de Horizontes y olvidadas en la montaña, por los hombres que fueron aniquilados a pesar de sus pinturas, de
su crueldad de niños, de sus máscaras con espinas de
cactus.

Las Leyes del Amor fueron nuevamente guardadas
por los hombres que volvían redimidos de la ciudad de
la Diosa Invisible de las Palomas de la Ausencia: as-
trónomos que envejecían cara al cielo, con los huesos
de plata de tanto ver la luna; artistas que enloquecían
de iluminada inspiración al sentir un horizonte en cada
poro, como los primitivos Chorros de Horizontes; negociantes que hablaban blanda lengua de pájaros; y guerreros que tomaban parte en las reyertas intestinas de los

bólidos, veloces para el ataque por tierra y raudos para
el ataque por mar. Los vientes alimentaban estas guerras
del cielo sin refugio, bajo las constelaciones del verano
voraz y el azote invernal de las tempestades cuereadoras.

Las serpientes estornudaban azufre, eran intermina-
bles intestinos subterráneos que salían a flor de tierra,
a manera de fauces abiertas. Los hombres que se quedaron guardando la entrada de estas cavernas-serpientes,
recibieron el nombre de sacerdotes. El fuego les había
quemado el cabello, las cejas, las barbas, las pestañas,
el vello de los sobacos, el vello del sexo. Parecían astros
rojizos resbalando entre las hojas verdes, encendidas, que
vistieron para venirse a comunicar con los hombres. Y
el sabor de ceniza que les dejó el chamuscón de los
pelos, les hizo concebir a las divinidades con un raro
sabor oscuro. Ceniza de pelo y saliva de sacerdotes amasa-
ron la primitiva religión, cáscara de silencio y fruta
amarga de los primeros encantamientos.

No se supo a qué venía todo aquel milagro de la vida
errante, huidiza, fijada por arte sacerdotal donde, según
la tradición, se enroscó el cactus vencido por el oro y
hubo una ciudad de reflejos que se llamó Serpiente con
Chorros de Horizontes.

Las hormigas sacaron del agua una nueva ciudad,
arena por arena —la primitiva ciudad de reflejos— y con
sangre de millones de hormigas que cumplido el trabajo
morían aletargadas de cansancio, se fueron edificando
verdaderas murallas, hasta la copa de los árboles altos,
y templos en los que el vuelo de las aves dormidas
petrificaba las vestiduras de los dioses. Verdaderas murallas, verdaderos templos y mansiones para la vida y
para la muerte verdadera, ya no espejismos, ya no
reflejos.

Esto dijeron los hombres en la danza de la seguridad:
la vida diaria. Mas en las garras de las fieras crecían las
uñas y la guerra empezó de nuevo. Hubo matanzas. Se
desvistieron los combatientes de la blandura de la vida en
la ciudad para tomar armas endurecidas por atributos
minerales. Y volvieron del combate deshechos, acobar-

dados, en busca de reliquias sacerdotales para poder contra el mal. Una vez más iba a ser destruida a mordiscos de fiera, la ciudad levantada donde el cactus fue vencido y existió para vivir abandonada la ciudad de Serpiente con Chorros de Horizontes.

Las mujeres salieron a combatir. Sin respiración amorosa de hombre, los hombres se amasaban con los hombres en el silencio de las arboledas, más abajo de las cañadas, más arriba de las colinas; sin amorosa respiración de hombre, las mujeres habían endurecido y sombras de color mineral denunciaban en sus rostros instintos varoniles. Al combate frente a frente que libraron los hombres contra las uñas y los dientes de las fieras, muchos de ellos murieron de placer al sentir la garra en la espalda, el colmillazo en la nuca y todo aquel espinar de tuna que corta la sangre en la agonía —iban al combate por el deseo de ser maltratados por lo único fuerte que había alrededor de la ciudad: los pumas, los jaguares, las dantas, los coyotes—; al combate frente a frente sucedió por parte de las mujeres, el combate a salto de mata, a vuelta de encrucijada. Y se oyó a las fieras esconder las uñas en la muerte y triturarse los dientes, heridas por venenosas oscuridades, y se vio querer volver en sí a los dorados pumas, en sí, en su vida, en su ciencia, en su sangre, en su pelo de seda, en su sabor de saliva dulce goteada por onzas entre los colmillos blancos, cada vez más blancos en las encías sanguinolentas. Y se oyó vidriarse el aire entero, todo el aire de la tierra, con los ojos fijos de los jaguares heridos a mansalva en la parte sagrada de los animales machos y amusgarse el quejido rencoroso de los coches de monte, algunos tuertos, otros desorejados, y dolerse el bosque con los chillidos de los monos quejumbrosos.

Por donde todo era oscuro regresaron las mujeres vencedoras de las fieras, luciendo, como adornos, las cabezas de los tigres a la luz leonada de las fogatas que encendió la ciudad para recibirlas en triunfo, y las pieles de los otros animales degollados por ellas.

Las mujeres reinaron entonces sobre los hombres empleados en la fabricación de juguetes de barro, en el arreglo interior de las casas, en el suave quehacer de la comida condimentada y laboriosa por su escala de sabores, y en el lavado de la ropa, aparte de los que cantaban, ebrios de vino de jocote, para recortar del aire tibios edenes, de los que adivinaban la suerte en los espumarajos del río, y de los que rascaban las plantas de los pies, los vientres o los alrededores de los pezones, a las guerreras en reposo.

Una cronología lenta, arena de cataclismo sacudida a través de las piedras que la viruela de las inscripciones iba corrompiendo como la baba del invierno había corrompido las maderas que guardaban los fastos de la cronología de los hombres pintados, hacía olvidar a los habitantes lo que en verdad eran, creación ficticia, ocio de los dioses, y les daba pie para sentirse inmortales.

Los dioses amanecieron en cuclillas sobre la aurora, todos pintados y al contemplarlos en esa forma los de la nueva ciudad, olvidaron su pensamiento en los espejos del río y se untaron la cara de arcoíris de plumas amarillas, rojas, verdes y todos los colores que se mezclan para formar la blanca saliva de Saliva de Espejo.

Ya había verdaderas murallas, verdaderos templos, y mansiones verdaderas, todo de tierra y sueño de hormiga, edificaciones que el río empezó a lamer hasta llevárselas y no dejar ni el rastro de su existencia opulenta, de sus graneros, de sus pirámides, de sus torres, de sus calles enredaderas y sus plazas girasoles.

¿Cuántas lenguas de río lamieron la ciudad hasta llevársela? Poco a poco, perdida su consistencia, ablandándose como un sueño y se deshizo en el agua, igual que las primitivas ciudades de reflejos. Esta fue la ciudad de Gran Saliva de Espejo, el Guacamayo.

6

La vegetación avanzaba. No se sentía su movimiento. Rumoroso y caliente andar de los frijolares, de los ayotales, de las plantas rastreadoras, de las filas de chinches doradas, de las hormigas arrieras, de los saltamontes con alas de agua. La vegetación avanzaba. Los animales ahogados por su presencia compacta, saltaban de árbol en árbol, sin alcanzar a ver en el horizonte un sitio en que la tierra se deshiciera de aquella oscuridad verde, caliente, pegajosa. Llovía torrencialmente. Una vegetación de árboles de cabelleras líquidas sembrados en el cielo. Aturdimiento mortal de cuanta criatura quedaba viva, de las nubes panzonas sobre las ceibas echadas a dormir en forma de sombra sobre el suelo.

Los peces engordaban el mar. La luz de la lluvia les salía a los ojos. Algunos de barba helada y caliente. Algunos manchados por círculos que giraban como encajes de fiebre alrededor de ellos mismos. Algunos sin movimiento, como manchas de sangre en los profundos cartílagos sub-acuáticos. Otros y otros. Las medusas y los infusorios combatían con las pestañas. Peso de la vegetación hundiéndose en el tacto de la tierra en agua, en la tiniebla de un lodo fino, en la respiración helada de los monstruos lechosos, con la mitad del cuerpo mineralizado, la cabeza de carbón vegetal y las enredaderas de las extremidades destilando polen líquido.

Noticias vagas de las primitivas ciudades. La vegetación había recubierto las ruinas y sonaba a barranco bajo las hojas, como si todo fuera tronco podrido, a barranco y charca, a barrancos poblados por unos seres con viveza de cogollos, que hablaban en voz baja y que en vuelta de bejucos milenarios envolvieron a los dioses para acortar sus alcances mágicos, como la vegetación había envuelto a la tierra, como la ropa había envuelto a la mujer. Y así fue cómo perdieron los pueblos su contacto íntimo con los dioses, la tierra y la mujer, según.

Cuculcán

Serpiente-envuelta-en-plumas

*Cortina amarilla, color de la mañana, magia del color
amarillo de la mañana. Cuculcán amarillo, cara y manos
amarillas, cabellos amarillos, zancos amarillos, calzas amarillas, traje amarillo, máscara amarilla, plumas amarillas,
brazaletes amarillos, frente a la cortina amarilla, color
de la mañana. Guacamayo, del tamaño de un hombre,
parado en el suelo, plumaje de todos los colores.*

CUCULCÁN.—*(Muy alto en los zancos.)* ¡Soy como el
Sol!

GUACAMAYO.—¿Cuác?

CUCULCÁN.—¡Soy como el Sol!

GUACAMAYO.—¿Cuác?... ¿Cuác?

CUCULCÁN.—¡Soy como el Sol!

GUACAMAYO.—¿Acucuác, cuác?

CUCULCÁN.—¡Soy como el Sol!

GUACAMAYO.—¿Cuác, cuác, acucuác, cuác?

CUCULCÁN.—¡Soy como el Sol!

GUACAMAYO.—¡Eres el Sol, acucuác, tu palacio de
forma circular, como el palacio del Sol, tiene cielos, tie-

rras, estancias, mares, lagos, jardines para la mañana, para la tarde, para la noche *(lento, solemne);* para la mañana, para la tarde, para la noche...

CUCULCÁN.—¡Soy como el Sol!

GUACAMAYO.—¡Acucuác, eres el Sol, en tu palacio de los tres colores: el amarillo de la mañana, el rojo de la tarde, el negro de la noche!

CUCULCÁN.—¡Soy como el Sol!

GUACAMAYO.—¡Eres el Sol, acucuác, eres el Sol! El que sin poder volver atrás pasa de la mañana a la tarde, de la tarde a la noche, de la noche a la mañana...

CUCULCÁN.—¡Soy como el Sol!

GUACAMAYO.—...de la mañana a la tarde, de la tarde a la noche, de la noche a la mañana; de la mañana a la tarde, de la tarde a la noche, de la noche a la mañana *(cada vez más ligero y enredado, dando vueltas, en contraste su cuerpo pesado y su alegría infantil);* de la mañana a la tarde, de la tarde a la noche, de la noche a la mañana; de la mañana a la tarde, de la tarde a la noche, de la noche a la mañana...

CUCULCÁN.—¡Soy como el Sol! Salgo con el día vestido de amarillo, mientras el alba es sólo sed de beber agua, y, sin detenerme a contar los piojos dorados que aún pasean por mi pelo de fuego húmedo, acaricio las uñas de caña nueva de los loros, el plumaje blanco de las garzas y los picos con resplandor de luna de los guacamayos...

GUACAMAYO.—*(Se ha quedado repitiendo en voz baja, como jerigonza, «de la mañana a la tarde, de la tarde a la noche, de la noche a la mañana»; pero al oír «guacamayos», reacciona violento.)* ¡Cuác, cuác, cuác, cuác!

CUCULCÁN.—...también acaricio, en mi jardín de volcanes, el pecho de cometa de las chorchas que por donde vuelan riegan polvito de oro, polen que hace estornudar esmeraldas al narizón que se alimenta de nances.

GUACAMAYO.—*(Engallado y frotándose el gran pico con un ala.)* ¡Cuác, cuác, cuác, cuác, cuác, cuác, cuác!

CUCULCÁN.—Sin salir del amarillo de la mañana, la tierra todavía en cogollo, el agua todavía en burbuja, baño mi imagen en los lagos que palpitan como grandes sapos verdes de azulosos pliegues sobre las jaspeadas piedras de la orilla, y en medio de su gran respiración de piedra y agua, mis rayos se convierten en brillantes avispas y vuelo a los panales, para luego seguir adelante, vestido del amarillo de mi imagen que sale del agua sin mojarse y de los panales sin quemarse, a que la mordisqueen, hambre y caricia, los dientes de maíz de las mazorcas, los dientes de maíz de las taltuzas.

GUACAMAYO.—*(Impaciente sacude las alas con gran ruido, se arrastra de un lado a otro, se lleva las alas para cubrirse los oídos de plumas, como dando a entender que está cansado de oir la misma cosa.)* ¡Cuác, cuác, cuác...!

CUCULCÁN.—Mazorcas y taltuzas me hacen cosquillas al quererse comer mi imagen para alimentar su resplandor. Viven de mi presencia como todos los seres y las cosas. Ellos tienen la sangre adentro, yo la tengo afuera. Mi brillo es mi sangre y mi imagen la luciérnaga.

GUACAMAYO.—...de la mañana a la tarde, de la tarde a la noche, de la noche a la mañana, de la mañana a la tarde...

CUCULCÁN.—De los jardines regreso a mis habitaciones por el lado de las fieras que untan sus ojos en el amarillo de la mañana para ver la oscuridad, o por el lado de los artistas que componen en voz baja, cantos de amor o de combate, tejen la pluma, tejen el hilo, cuentan las nubes, echan suertes con frijolillos rojos de palo de pito, o viven siemplemente en el ocio como mujeres: pintores, joyeros, orfebres, músicos, adivinadores...

GUACAMAYO.—*(Con la pata derecha hace el ademán del que arroja frijolillos rojos en el suelo, al tiempo de decir):* ¡Ts'ité! ¡Ts'ité!... *(Salta como sorprendido del augurio que deduce de la posición de los frijolillos que efectivamente ha regado en tierra.)* ¡Ts'ité! ¡Ts'ité!... *(Mueve la cabeza contrariado y sigue jugando con montoncitos de frijolillos rojos y remedando a los adivinos en sus plantas y aspavientos.)*

CUCULCÁN.—En mis habitaciones de la mañana, bajo

dosel de pájaros que vuelan y en sitial ordeñado del más puro oro de la tierra, me anudan en los negocios públicos, los encargados del Tesoro, de las Huertas, de los Graneros, al informarme de lo que pasa en mi señorío: de que si las nubes han hecho sus camas, de si los nidos viejos han ido cambiados, de si lo maduro no se ha podrido...

GUACAMAYO.—(*Aletea furioso.*) De, de, de, de, de...

CUCULCÁN.—Disfrazado de jaguar paso el resto de la mañana en el juego de pelota o adiestrándome con habilísimos guerreros en el disparo de las flechas, en el tiro de la honda. Pero llega el mediodía, esa hora en que los ojos de los hombres con sudor, y pasado el momento en que se encuentran el ojo del colibrí blanco y el cientopié de oro, empiezo a desprenderme de mis vestidos amarillos para vestir de rojo, me ensortijan las manos de rubíes y en jácara de tiste espumoso tiño de sangre mis labios con aliento de flor carnívora. El arrullo de las torcaces que acurrucan agua dormida bajo los pinos, me hace soñar con los ojos abiertos, tendido en hamaca de celajes, friolento, abetunados mis cabellos con pulpa de pitahaya, mis uñas alargadas en cráteres de fuego.

GUACAMAYO.—¡Cien mil guerreros caen tarde a tarde en tu emboscada, Cuculcán! ¡Cien mil guerreros dan su sangre para el crepúsculo, bajo la estrella de la tarde!

CUCULCÁN.—¡Soy como el Sol! ¡Soy como el Sol! ¡Soy como el Sol! (*Chinchibirín entra de un salto, sin acercarse al radio mágico de la cortina amarilla ni a la jerigonza de colores del Guacamayo. No pesa. Es una llama que el aire lleva. Viste todo de amarillo como Cuculcán. No lleva máscara.*)

CHINCHIBIRÍN.—(*Profundamente inclinado ante Cuculcán.*) ¡Señor, mi Señor, gran Señor!

CUCULCÁN.—¿Qué pasa, Chinchibirín?

CHINCHIBIRÍN.—(*Siempre inclinado.*) Señor, mi Señor, gran Señor, el guardador de las selvas quiere hablaros. Estuvo entre los conejos y las frutas del papayo y vio que se cambiaban, que las frutas echábanse a correr como conejos, y se prendían a mamar en los papayos,

como frutas, los conejos. Cuenta y no acaba de cosas
nunca vistas. Ya hay semilla de colibrí y empezó a sem-
brar anoche. (*Cuculcán sale por la derecha, sin bajarse
de los zancos.*) ¡Señor, mi Señor, gran Señor! (*Al salir
Cuculcán, Chinchibirín alza la cabeza, se acerca al radio
mágico de la cortina amarilla para defenderse del Guacamayo que se ha quedado inmóvil largo tiempo, como
dormido.*) ¡Cuculcán es como el Sol, es como el Sol, es
como el Sol!

GUACAMAYO.—(*Sacude las alas fuertemente, con gran
escándalo.*) ¿Cuác acucuác cuác? ¿Cuác, cuác, acucuác?

CHINCHIBIRÍN.—¡Es como el Sol!

GUACAMAYO.—Y de qué le sirve ser como el Sol,
acucuác, si en su palacio la existencia es engaño de los
sentidos, como en el palacio del Sol; espejismo en el
que todo es pasajero y nada cierto. Nosotros, Chinchibirín, las fieras, los artistas, los brujos, los sacerdotes, los
guerreros, las mujeres, las nubes, las flores, las hojas, las
aguas, las lagartijas, los pijuyes...

PIJUYES.—(*Voces.*) ¡Pi-juy!... ¡Pi-juy!... ¡Pi-juy!... ¡Pi-
juy!...

GUACAMAYO.—Los chiquirines...

CHIQUIRINES.—(*Voces.*) ¡Chiquirín!... ¡Chiquirín!...
¡Chiquirín!... ¡Chiquirín!...

GUACAMAYO.—Las tortolitas...

TORTOLITAS.—(*Voces.*) ¡Cú-cú!... ¡Cú-cú!... ¡Cú-cú!...
¡Cú-cú!...

GUACAMAYO.—Los coches de monte...

COCHES DE MONTE.—(*Voces.*) ¡Jos-jos-jos... sss...
cico!... ¡Jos-jos-jos... sss... cico!

GUACAMAYO.—Los gallos...

GALLOS.—(*Voces.*) ¡Kí-kí-ri-kí!... ¡Kí-kí-ri-kí!... ¡Kí-
kí-ri-kí!...

GUACAMAYO.—Los coyotes...

COYOTES.—(*Voces.*) ¡Aú... úúy... úúy!... ¡Aú... úúy...
úúy!... ¡Aú... úúú...!

(*Ladridos de perros, cacareo de gallinas, truenos de
tempestad, silbidos de serpientes, trinos de turpiales,
guardabarrancas, cenzontles, se escuchan al irlos nom-
brando Guacamayo, así como lloro de niños, risas de*

mujeres y para cerrar revuelo y palabrerío de multitud
que pasa.)

GUACAMAYO.—...¡Nada existe, Chinchibirín, todo es
sueño en el espejismo inmóvil, sólo la luz que cambia al
paso de Cuculcán que va de la mañana a la tarde, de la
tarde a la noche, de la noche a la mañana, hace que nos
sintamos vivos. (*Corta bruscamente y al tiempo de*
llevarse una pata al pico.) ¡La vida es un engaño demasiado serio para que tú lo entiendas, Chinchibirín!

CHINCHIBIRÍN.—(*Acercándose al Guacamayo.*) Cuéntame de la noche...

GUACAMAYO.—¿Cuás cuác... acucuás cuác?...

CHINCHIBIRÍN.—¡Sí, cuéntame de la noche!... ¡Acucuác no es malo! ¡Acucuác no es malo con Chinchibirín!...

GUACAMAYO.—La noche se hizo para la mujer. Al
salir la estrella de la tarde que es bella como un nance,
la estrella que hace agua la boca de los cielos, cesa el
trato de Cuculcán con los hombres y se interna en las
tierras bajas, calientes, las tierras propicias para el amor.
La noche se hizo para la mujer. La mujer es la locura.
Chinchibirín. Es el piquete de la tarántula, Chinchibirín.

CHINCHIBIRÍN.—¡Cuenta! ¡Cuenta!

GUACAMAYO.—Servidoras fatigantes se llevan a Cuculcán, le perfuman las manos con los senos, los senos de
las mujeres son como los nidos de los pájaros, Chinchibirín, al par que le cambian las rojas vestiduras de la
tarde, sangre de guerreros, por un inmenso manto negro,
y las sortijas y los brazaletes de rubíes, por sortijas y
brazaletes de obsidiana.

CHINCHIBIRÍN.—Cuenta, cuenta, acucuác, cuenta...

GUACAMAYO.—Viejas de cera prieta le ofrecen, en
tablas negras ribeteadas de plata lunar, atoles, dulces,
tabaco y vino caliente de jocote. Como plantas acuáticas,
mitad pescado, mitad estrella, surgen entonces las mujeres que han de prepararlo para la boda con tacto de tela
de araña. Le untan en todo el cuerpo tacto de la tela de
araña. (*Calla y se lleva la pata al pico.*) ¡Chinches, si me

duele la muela! *(Hace como que patalea del dolor.)* ¡No es sólo la muela, todos los dientes!

CHINCHIBIRÍN.—Y las mujeres qué son, acucuác...

GUACAMAYO.—Las mujeres son vegetales, Chinchibirín...

CHINCHIBIRÍN.—Y me decías que untaban a Cuculcán, Señor, mi Señor, gran Señor, de tacto de telaraña para la boda...

GUACAMAYO.—Sí, así es, y listo para la boda lo encaminan a sus habitaciones donde encuentra a la doncella que ha de ser su esposa hasta la aurora...

CHINCHIBIRÍN.—¿Por qué hasta la aurora?

GUACAMAYO.—Noche a noche, salen dos manos de un lago profundo, la arrancan del lecho del poderoso Cuculcán y la arrojan a las profundidades en que acaba el espejo de la vida, para que no tenga descendencia.

CHINCHIBIRÍN.—¡Calla, eres el engañador!

Primera cortina
roja

Cortina roja, color de la tarde, magia del color rojo
de la tarde. Cuculcán rojo (sin zancos): calzas rojas,
traje rojo de guerrero, máscara roja de guerrero con
bigotes rojos, plumajes rojos de guerrero, frente a la
cortina roja, una rodilla en tierra y el arco presto a disparar la primera flecha. A su lado, un poco atrás, Chinchibirín también de rojo, sin máscara, flecha en el arco,
rodilla en tierra. Ambos empiezan a disparar sus flechas
contra la cortina roja y cada vez que una de las flechas
toca la cortina roja; se oye una lamentación humana.
Ritmo de danza guerrera. Cuculcán y Chinchibirín bailan
disparando sus flechas. La cortina se lamenta como herida de muerte cada vez que la toca una flecha. El tún
acompaña el combate, madera de tronco hueco que a cada
golpe se oye más cerca, cáscara y metal, cadencia que va
cobrando brillo a medida que la lucha arrecia entre los
guerreros y la cortina de la tarde que se desgarra en
gritos humanos. Los tambores han empezado a sonar
sordamente. Cae la cortina roja. Cuculcán desaparece.
Chinchibirín con la última flecha en el arco, se inclina.

CHINCHIBIRÍN.—¡Señor, mi Señor, gran Señor! (*Al levantar la cabeza, luce en su frente, como un nance, la estrella de la tarde.*)

GUACAMAYO.—(*Sin asomar.*) ¡Cuác, cuác, cuác, cuác!...

CHINCHIBIRÍN.—(*Vuelve la cabeza hacia el sitio en que se oye al Guacamayo y apunta la flecha.*) ¡Te viera yo en el camino del desvanecimiento, pájaro de mal agüero!

GUACAMAYO.—(*Sale arrastrando las alas, como borracho.*) ¡Tomé chicha para aliviarme el dolor de dientes y estoy atarantado!

CHINCHIBIRÍN.—(*Plantándosele en frente, ya para dispararle la flecha.*) ¿Qué me quieres hacer creer?

GUACAMAYO.—(*Temeroso, casi retrocediendo.*) Acucuác, no te quiero hacer creer nada. Cuando está borracho ve las cosas como son, el Guacamayo, y si lo escuchas sus palabras serán como piedras preciosas y las guardarás en tus oídos como en bolsas sin fondo.

CHINCHIBIRÍN.—No sé, pero tu voz me llena el alma de cosquillas. Cuéntame de la noche...

GUACAMAYO.—No, te voy a hablar del día.

CHINCHIBIRÍN.—No olvides que la última flecha es para ti.

GUACAMAYO.—El día es el camino del Sol, pero el Poderoso del Cielo y de la Tierra, se mueve no como lo lo ven los ojos, acucuác. Dibuja con la flecha aquí en la arena cómo se mueve el Sol.

CHINCHIBIRÍN.—¡Estás borracho!

GUACAMAYO.—Estoy borracho, pero eso no quiere decir que no pueda explicarte exactamente el movimiento del Sol. No dibujes con tu flecha, basta el arco.

CHINCHIBIRÍN.—Me quieres desarmar...

GUACAMAYO.—Conserva el arco en tus manos, pero exhíbelo en alto para que veas en su línea cómo se mueve el Sol.

CHINCHIBIRÍN.—En arco. Sale por este lado, sube al ojo del colibrí blanco y desciende por este otro lado del arco, hasta ocultarse aquí.

GUACAMAYO.—Es lo que se ve, acucuác, pero el mo-

vimiento del Poderoso del Cielo y de la Tierra es otro.
Sale por este lado del arco, viaja durante la mañana de
subida hasta el ojo del colibrí blanco, el diente de maíz
que está en el centro del cielo, y de ahí regresa, no
sigue adelante, desanda el camino de la tarde para ocultarse por donde aparece. No describe el arco entero.

CHINCHIBIRÍN.—Perder el juicio con la chicha, es
peor que el dolor de dientes. Sólo un ebrio puede hablar así. ¿Quién repite y repite que el Sol pasa de la
mañana a la tarde, de la tarde a la noche, de la noche a
la mañana, de la mañana a la tarde...? ¿Quién pregona
que en el espejismo inmóvil de la existencia, nada es
cierto que es la luz que cambia al paso de Cuculcán lo
que nos da la impresión de estar vivos? Pijuyes, gallos,
tórtolas, chiquirines, son testigos.

GUACAMAYO.—Todo lo que somos es memoria cuando
creemos ser nosotros mismos. La memoria de mis palabras, sin el esclarecimiento que ahora quiero darte, es
lo que defiendes por amor propio, como si esas palabras
se hubieran incrustado en tus preciosidades.

CHINCHIBIRÍN.—¿Y he de olvidarlas, ahora que sales con que el Sol sólo llega a la mitad de su recorrido
en el palacio de los tres colores? Creo que no, acucuác...

GUACAMAYO.—Te debiera esclarecer todas las cosas,
pero tendrías que agarrar tu memoria y retorcerle el pescuezo como a una gallina.

CHINCHIBIRÍN.—A la gallina de colores le voy a cor-
tar el pescuezo, ahora que está borracha, como se hace
con los chumpipes.

GUACAMAYO.—La vida es un engaño demasiado serio
para que tú siendo tan joven lo entiendas, acucuác...

CHINCHIBIRÍN.—Y esta flecha demasiado aguda para
que te calles...

RALABAL.—(*Invisible*.) Quien conoce los vientos como
yo, yo Ralabal, yo, yoo, yooo... el que peina los torrentes
que se pandean como troncos de ceibas de cristal que tienen la raíz donde los árboles llevan el follaje, porque
nacen en lo alto, y las ramas donde los árboles tienen la
raíz, porque florecen abajo, al abrir sus copas de cristal
en espumosas hojas e irisadas flores; yo, Ralabal, yo,

yooo, yoooo... he puesto vigilantes en la punta de tu flecha para desviarla del corazón de preciosas piedras del Guacamayo.

CHINCHIBIRÍN.—¡Bien se confirma lo que dicen! Dicen que hay quien cuida a los borrachos para que no caigan en los barrancos, para que no maten a sus hijos pequeños al echarse sobre ellos y dormirse, y para que no se les castigue por sus impertinencias cuando están ya tan atarantados que no hablan sino escupen.

RALABAL.—(*Invisible.*) Yo, Ralabal, yo, yoo, yooo... manejo los vientos y emborracho con el licor verde del corazón del invierno que es un enorme tronco podrido, en el que viven hormigas, casampulgas, lombrices, lagartijas acezantes, gusanos de oscuridad dura y oscuridad blanda... Pero antes que el cielo se vuelva sólo pulgas de tiniebla benigna debo volver a mi guardianía y además he oído que se acercan pastores... yo, Ralabal, yo... yoo... yooo...

CHINCHIBIRÍN.—Espera, Ralabal, conocedor de los vientos, subiremos a los árboles para seguir conversando y tú serás el juez en mi disputa con el Guacamayo. Has oído lo que discutíamos.

GUACAMAYO.—No subiré a ninguna parte, porque estoy borracho y me duelen los dientes.

RALABAL.—(*Invisible.*) Pero, sin más hablar, trepe cada quien al árbol que le parezca, porque los pastores ya se acercan y se asustarían de encontrar a su paso un pájaro tan grande de todos colores y un guerrero rojo con una sola flecha.

CHINCHIBIRÍN.—¡Vamos, subamos a los árboles! Las hojas se sacuden bajo el aliento de Ralabal. Ya no se sabe lo que habla. Sólo se oye el viento. (*Empuja al Guacamayo.*) ¡Anda, yo te voy a ayudar... sube primero... ten cuidado... no te vayas a quebrar un hueso y haya que ponerte otro de maíz! (*El Guacamayo se queja, hipa, trata de subir.*) ¡Upa!

GUACAMAYO.—¡Hipa!

CHINCHIBIRÍN.—¡Upa!

GUACAMAYO.—¡Hipa!

CHINCHIBIRÍN.—¡Upa!

GUACAMAYO.—¡Hipa!

HUVARAVIX.—(*Invisible*.) ¡No puede ser! ¡No puede ser! Así dice el corazón de los pastores y pelea con la neblina baja, indolente, más mojada que la misma lluvia.

RALABAL.—(*Invisible*.) ¡Calla, Huvaravix, maestro de los cantos de vigilia! No es el corazón de los pastores el que dice así. Es el lanazo de las jergas de que van vestidos el que subleva los pelos contra la niebla color de leche vegetal que los empapa como esponja.

CHINCHIBIRÍN.—¡Upa!

GUACAMAYO.—¡Hipa!

HUVARAVIX.—(*Invisible*.) ¿Qué sabes tú, Ralabal, que andas como bebido de chicha? Te sometes por todas partes, derramas las aguas, dejas mancos los árboles, botas las casas de los hombres...

RALABAL.—(*Invisible*.) ¡Yo, Ralabal, yo, yoo, yooo... viento... salvaje... libre. Pero dejemos nuestras encías con dientes de mordida, sin su gusto que sería morder, y haz regresar a los pastores que se acercan, porque aquí andan arreglando cuentas Chinchibirín y Gran Saliva de Espejo.

CHINCHIBIRÍN.—¡Upa!

GUACAMAYO.—¡Hipa! (*No llegan a subir a los árboles.*)

HUVARAVIX.—(*Invisible*.)—¡Yo, Huvaravix, Maestro de los Cantos de Vigilia, haré regresar a los pastores que llevan los sombreros hasta las orejas, sombreros de madera en los que han ordeñado la leche de sus cabras, olorosos por dentro a leche y pelo; que calzan lodos viejísimos en las uñas que son como cucharas de comer tierra; y de calzones remendados con verdaderos trozos de paisaje, tan variado en su color y su forma. Este parece que lleva una nube en las nalgas; aquél, una mariposa en la pierna; ese otro una flor extraña en la espalda. La Abuela de los Remiendos pinta paisajes en la Ropa...

CHINCHIBIRÍN.—¡Maestro de los Cantos de Vigilia, haz regresar a tus pastores, porque mi flecha está que la punta se le quema por saborear la sangre de todos los colores del corazón de este farsante!

GUACAMAYO.—Hazlos regresar, pero consúltales, por qué los pastores tienen buenos remedios contra el dolor de dientes, bien que mis dientes ya no sean dientes, sino los maíces que aquellos malditos hijos brujos me pusieron en lugar de mis preciosos huesos bucales.

RALABAL.—(*Invisible.*) Ya se detienen, se vuelven, no les convino este sendero, gracias a ti, Huvaravix, y ahora echemos tierra a nuestros pies siquiera un momento, para seguir la disputa de Gran Saliva y Chinchibirín.

HUVARAVIX.—(*Invisible.*) Yo le daría a Gran Saliva de Espejo, el remedio que usan los pastores para el dolor de muelas, cuando en el destemplado amanecer sienten que les pica y arde en la boca el maíz podrido, y no pueden escupirlo. Yo, Maestro de los Cantos de Vigilia, sé que es un dolor desconsolado.

RALABAL.—(*Invisible.*) Yo, Ralabal, yo, yoo, yooo... traigo el remedio y me haré visible para dárselo a Saliva de Espejo... Es un dolor desconsolado... (*Ya visible.*) Toma de este guacal de festines lo que necesites para que alivies tu dolor. Has mascado tanta mentira...

GUACAMAYO.—¡Cuác, cuác, cuác!... ¡Cuác, cuác, cuác!... (*Después de meter el pico en el guacal de festines y apurar el remedio a grandes tragos.*) ¿Dónde estamos?... Se me ha quitado el dolor, eres un encanto, Ralabal... Cuando uno se alivia de un dolor tan fuerte como el que yo tenía, se me alivió como quitado con la mano, se siente en otro mundo y por eso he preguntado ¿dónde estamos? ¿en qué país estoy? Me detestaba con el dolor y ahora, sin el dolor, vuelvo a quererme.

HUVARAVIX.—(*Invisible.*) Ralabal te ha servido el remedio que cura el dolor y pone el corazón de fiesta... Sólo cuando uno está contento cae bien la flecha de la muerte. El que muere alegre, no muere. Yo, si tuviera que morir, le pediría a Ralabal de su guacal de festines.

CHICHIBIRÍN.—Pero vamos, acucuác, quiero ganarte la partida ahora que estás en el guacal de los festines...

GUACAMAYO.—(*Carcajada tras carcajada.*) ¡Cuác, cuíc, cuás, cuíc, cuíc, cuác, cuác, acuacuíc, acuacuác, cuicuacuác!

CHINCHIBIRÍN.—Si te gano la partida, mi flecha te dará muerte y antes de que te enfríes por completo, te tomaré como un penacho de plumas de colores para sacudir el polvo de tus palabras engañadoras de los ríos y los lagos que ya no se ven claros como antes.

HUVARAVIX.—(*Invisible.*) Soy todo oídos. Cada una de las hojas de estos árboles en una oreja mía. No perderé una sola palabra.

RALABAL.—Ya sabíamos que el Maestro de los Cantos de Vigilia tiene las orejas verdes. Es el pastor de las orejas verdes.

CHINCHIBIRÍN.—Dices, acucuác, que el Sol llega hasta el ojo del colibrí blanco y de allí regresa a su punto de partida. Si eso fuera cierto, cómo explicas que mis ojos lo ven caer, no en el lugar donde salió, sino en el sitio más opuesto.

GUACAMAYO.—Lo digo y lo sostengo. El Sol sólo llega al ojo del colibrí blanco y de allí regresa. El otro medio arco, el de la tarde, es sólo una ficción en su carrera luminosa (*afirmativo y ronco*), es sólo una ficción, acucuác...

HUVARAVIX.—(*Invisible.*) Voy a buscar a la Abuela de los Remiendos, ella traerá hilo y aguja para coser en mis oídos lo que oigo.

RALABAL.—Callemos nosotros, ellos que hablen...

CHINCHIBIRÍN.—(*Con voz tajante.*) ¡Lo que se ve se ve y no es una ficción! Yo veo ocultarse el Sol, después de trazar el arco en el Palacio de los Tres Colores, no por donde aparece, y lo que se ve se ve...

GUACAMAYO.—¡Juguemos con las palabras!

CHINCHIBIRÍN.—¡No!

GUACAMAYO.—¿Acuác? Ralabal debía darte del guacal de los festines. El ojo del colibrí blanco es el diente de maíz del Sol.

CHINCHIBIRÍN.—Y vas a decir que le duele... que por eso se regresa... que porque le duele un diente no sigue sobre el arco en el camino de la tarde, sino vuelve por el camino de la mañana, baja por donde ha subido.

GUACAMAYO.—La tarde es una ficción...

CHINCHIBIRÍN.—Ya te veo acorralado. Si el Sol vuelve a su punto de partida, acucuác, quién es el que celebra sus bodas en la noche. La noche se hizo para la mujer. Los senos de las mujeres son como los nidos de los pájaros. A quién le cambian las vestiduras de la tarde por traje y túnica de tiniebla y las sortijas de rubíes por sortijas de piedra de tiniebla. Son tus palabras. Te he dado el juego de palabras para vencerte con tus armas. Y la doncella que es su esposa hasta la aurora...

GUACAMAYO.—Se han ido nuestros padrinos. Huvaravix no se oye que esté.

RALABAL.—Yo no me he ido, pero no estoy aquí...

GUACAMAYO.—Oye, Chinchibirín, la explicación, y guárdala como si la Abuela de los Remiendos hubiera traído la espina y su saliva en forma de hilo de cabello, para pegar estos remiendos a tus creencias.

CHINCHIBIRÍN.—¡Oigo, quiero oírte, eres el Gran Saliva de Espejo Engañador!

GUACAMAYO.—(*Solemne.*) Sale el Sol, llega al ojo del colibrí blanco en la mitad del cielo y de allí regresa, reflejándose en la otra mitad del cielo que es un gran espejo, y por eso me llaman a mí Gran Saliva de Espejo Engañador. Somos los Salivas los que creamos el mundo y si la noche se hizo para la mujer, es sólo una ficción. El Sol no llega a la noche, en persona. Llega su imagen en el espejo. La mujer no recibe más que la ficción de las cosas. Cuculcán no yace con la doncella escogida para su esposa; es su imagen reflejada en el espejo lo que la esposa ama.

CHINCHIBIRÍN.—¡Siempre has de jugar con las palabras! La piedra de mi honda servirá para hacer pedazos ese espejo y que sea Cuculcán, el señor, el Gran Señor, mi Gran Señor, quien ame a la que, por fin, no sea sólo esposa suya hasta la aurora.

GUACAMAYO. —(*Sorprendido.*) ¡Chinchibirín, acuác, Chinchibirín, mátame, pero no uses las hondas, en tu arco está la flecha!

CHINCHIBIRÍN.—(*Apuntando.*) ¡La flecha roja!

GUACAMAYO.—¡No, la flecha que recogiste en el Lugar de la Abundancia!

CHINCHIBIRÍN.—*(Sorprendido en su secreto.)* ¿La flecha amarilla?

GUACAMAYO.—¡Cuác, cuando la recogiste no era flecha!

CHINCHIBIRÍN.—Era Flor Amarilla... Yaí...

GUACAMAYO.—¡Flor Amarilla está ofrecida a Cuculcán! ¡Será su esposa hasta la aurora!

CHINCHIBIRÍN.—*(Aprieta los dientes, retrocede paso a paso, con una mano en la cara y la otra suelta a su propio peso y colgando de ella, de ella, de sus dedos, como algo inútil, el arco y la flecha roja.)* ¡YAI, flecha amarilla... fle... cha... mi... flecha mía... YAI... YAI...

GUACAMAYO.—¡Tú, el arquero! ¡Tú, el arquero! ¡Yaí, la flecha! ¡Yaí, la flecha! Y yo, el arcoiris... cuác cuác cuác cuác... ¡El destino del Sol está jugado!

Cortina negra, color de la noche, magia del color negro de la noche. Cuculcán va desvistiéndose. Deja caer la máscara, el carcaj, las calzas y los atavíos rojos. Parecen a sus pies manchas de sangre, salpicaduras de crepúsculo. Manos de mujeres que se agitan con movimiento de lamas, al compás de lejana melodía de cañas y ocarinas de barro, le visten de negro en medio de una danza de reverencias ligeras. Otras que entran de rodillas, se levantan a pintarle la cara con puntos y líneas, la cara, el pecho, los brazos, las piernas, hasta dejardo como un bucul tatuado. Y otras de cabellos sueltos, con estrellas en la noche de sus cabelleras, le atavían con brazaletes, sartales y aretes de piedra de tiniebla, calzas de piel oscura y plumajes negros ceñidos a su frente. Cesa la música. Las de los vestidos, las de los atavíos, las de los tatuajes se retiran danzando y pasándose unas a otras las ropas rojas y los rojos objetos que Cuculcán dejó a sus pies. Al desaparecer aquéllas, Cuculcán, se tiende junto a la cortina de la noche sobre un lecho de penumbras apaciguadas.

CUCULCÁN.—(*Con la voz nasal y entre dientes habla dormido.*) La sombra, hierba de la noche, fresco vegetal sin espinas. Juegan las tortugas de obsidiana en forma de corazón. Han jugado tanto que algunas ya no saben cómo se juega ni a qué juegan...

TORTUGA BARBADA. — ¿Cómo se juega, hermanas?

TORTUGAS.—¿Cómo, cómo se juega, si estamos jugando? Esa pregunta es de Bárbara Barbada y por eso no juega. Pero nosotras, hermanas, estamos jugando, chapoteamos el agua, chocamos nuestras conchas...

TORTUGA CON FLECOS.—Hermana, ¿has olvidado la mecánica de nuestros juegos?...

TORTUGAS.—¡A... já, Bárbara Barbada!...

TORTUGA CON FLECOS.—...Y por eso preguntas cómo se juega...

TORTUGA BARBADA.—¿Y a qué estamos jugando?... ¿Cuál es el sentido de nuestros juegos nocturnos? ¡No sé cómo podéis vivir sin más actividad que jugar de noche y dormir de día!

TORTUGA CON FLECOS.—Lo sabes, pero lo has olvidado...

TORTUGAS.—¡A... já, já, Bárbara Barbada!

TORTUGA BARBADA.—¡En la otra orilla no hay olas!

TORTUGA CON FLECOS.—¡A... já, já, Bárbara Barbada!

TORTUGAS.—¡A... já, já...

TORTUGA CON FLECOS.—Jugar es la única actividad noble de una tortuga. Pesa sobre nosotras...

TORTUGAS.—¡A... já, já...

TORTUGA CON FLECOS.—Escuchen, no, escuchen... La rebelión de la tortuga es gastar energías en algo más alegre que cargar la concha, lo de todos los días, lo de todas las horas, la concha, encima de una, cargándola una...

TORTUGA BARBADA.—Lo has dicho, hermana con flecos, Tortuga con Flecos y burbujas de agua sonora en los flecos. ¡Juguemos!

TORTUGAS.—¡A... já, Bárbara Barbada, ahora dices juguemos, pero cuando entraste preguntabas, impertinente, cómo se juega...

Vuelve la música de cañas y ocarinas cortada por gritos de fiesta. Grupos de ancianas vestidas de negro, descalzas, con los cabellos plateados pespuntan pasitos para acercarse a Cuculcán y ofrecerle en tablas de madera negra: atoles endulzados con miel, atoles ácidos, tamales negros humeantes, carnes sazonadas con sal gruesa y chile y vino de jocote. Otras más ancianas traen braseros de barro vidriado con pequeños fuegos palpitantes para quemar las ofrendas de póm. Una de ellas le acerca a los labios una caña con tabaco. Estas manos se pierden en el agua sin fondo de las edades. Nubes blancas del póm y nubes del humo del tabaco que fuma el poderoso Cuculcán. De un lado y otro aparecen, la música toma empuje, jóvenes indias de cinco en cinco llevando como barandales movibles sobre sus pies, en la danza de las cercas, escaleritas de caña simulando cercas adornadas con hojas de siempreviva, flores amarillas, y cuerpos de muertos pajaritos de color rojo. Avanzan y retroceden, siguiendo el compás melodioso de la música que picotea a sus pies, al ir acercándose al lecho de Cuculcán. De pronto, lo dejan rodeado de sus cercos floridos y echan a correr en desbandada.

Oscuridad completa. La música de flautas y ocarinas baja de tono, desaparece. Se oye en el vacío que va dejando la música, el estruendo de las conchas de las tortugas al chocar unas con otras, y sobre el estruendo, la voz de Huvaravix.

HUVARAVIX. —(*Invisible.*) Yo, Huvaravix, Maestro de los Cantos de Vigilia, oigo que en el silencio de la playa sigue el juego de las tortugas, las conchas contra las conchas, olas de carey chocando. Tortuga con flecos se retira del grupo de Bárbara Barbada para dar ligero alcance a otras bañistas. Tortuga con flecos de rayo. De su caparazón de oro dormido y despierto, sin embargo, porque el oro es sonámbulo, saltan chispas que mar adentro se convierten en peces luminosos. El agua saca sus labios en el oleaje para lamer la tierra. Y Tortuga con flecos, dorada, sacerdotal, ve jugar desde su concha a las pequeñas tortugas, a las grandes tortugas, a las tortugas gigantes que en filas inacabables chocan, chocan, chocan. El ambiente es como un pecho que respira.

Tortugas.—¡A... já, Bárbara Barbada! ¡Tortuga gemidora de la medianoche!

Tortuga barbada.—¡Dejadme pasar, quiero ver a la doncella, vosotras sois ciegas para el amor porque sois viejas! ¡Su cara es un esplendor, así debe ser el día!

Tortuga con flecos.—¡Sólo yo sé cómo es el día! (*En la oscuridad, Tortuga con flecos se ve iluminada como un pequeño volcancito de arenas de oro.*) El día se hizo para el hombre...

Tortuga barbada.—¿Qué es eso que has mencionado?

Tortuga con flecos.—Es... el hombre es... Es una mujer, sólo que en hombre...

Tortuga barbada.—Una divinidad, porque si yo fuera así me sentiría una divinidad.

Huvaravix.—(*Invisible.*) Yo, Maestro de los Cantos de Vigilia, he visto el día y he visto al hombre.

Tortugas.—¡A... já, Bárbara Barbada, quieres saber cómo es el hombre!

Tortuga con flecos.—Pero si ya lo he explicado. El hombre es la mujer con todas las actividades del día. No hay otra diferencia.

Tortugas.—Repetiremos lo que dicen las olas: ¡Alguna debe haber!

Tortuga con flecos.—Huvaravix, Maestro de los Cantos de Vigilia, permite que mis hermanas de concha repitan lo que dicen las corazonadas del mar, esas azules corazonadas del mar...

Huvaravix.—(*Invisible.*) Bárbara Barbada no lo ha repetido...

Tortuga barbada.—Pero yo también creo que alguna debe haber. Es una esperanza que haya alguna diferencia entre el hombre y la mujer.

Tortugas.—¡Alguna debe haber!

Tortuga barbada.—Pero, dejadme, por fin, pasar, quiero ver a la doncella. Las mujeres son metales que se hallan en estado de algodón.

Huvaravix.—(*Invisible.*) ¡Muy bello lo que has dicho, Bárbara Barbada! (*Palabra por palabra.*) Las mujeres son metales que se hallan en estado de algodón.

TORTUGAS.—¡Juguemos! ¡Salgamos de lo que tenemos que hacer, cargar la concha, jugando a las olas!

TORTUGA CON FLECOS.—¡Se me cierran los ojos y es mejor dormir! Bárbara Barbada quiere ver a la doncella que yace con Cuculcán. Yo no, mucho trabajo tuve para que se me borrara la dolorosa escena del amor arrancado como se arranca un árbol.

TORTUGA BARBADA.—Una separación imposible. En las raíces del árbol arrancado a la viva lucha, van pedazos de tierra, terrones de corazón palpitante de humedad y brisa verde o hierba brisa que llora; y en el terreno algunas raíces quedan destrozadas.

HUVARAVIX.—(*Invisible.*) La conversación es muy interesante, pero yo debo empezar mi oficio. Bárbara Barbada se desliza chorreando agua salobre para ver a los dichosos amantes ya dormidos.

TORTUGAS.—Y cuál es tu oficio. Huvaravix...

HUVARAVIX.—(*Invisible.*) Cantar...

TORTUGAS.—Y nosotras, el nuestro... El oficio de las tortugas es jugar... Pero ahora no podremos ir al juego de pelota...

HUVARAVIX.—(*Invisible.*) Me haré visible para cantar entre vosotras.

La tiniebla suavemente teñida de luz de luciérnaga, luz anterior a la luz de la luna, por el resplandor de la concha dorada de Tortuga con Flecos, deja entrever, al fondo, los cuerpos de los amantes felices, al pie de la cortina negra, sobre un lecho de pieles de fieras, pumas y jaguares que de vez en vez braman. Bárbara Barbada, tortuga con bigotes y barba, se desliza hacia el lecho amoroso de Cuculcán. Huvaravix (visible) entona cantos de vigilia dichosa, entre las tortugas que se golpean unas con otras, al jugar entre las olas.

HUVARAVIX.—¡El Cerbatanero de la Cerbatana de Sauco ha salido del Baúl de los Gigantes que en el fondo tiene arena y sobre la arena, aguarena y sobre el aguarena, agua honda y sobre el agua honda, agua queda y sobre el agua queda, agua verde y sobre el agua verde,

agua azul y sobre el agua azul, aguasol y sobre el aguasol, aguacielo!

¡El Cerbatanero de la Cerbatana de Sauco ha salido
del Baúl de los Gigantes con la boca llena de burbujas
para dispararlas en los caminos, ahora que reviven los
chupamieles que duran el verano clavados por el pico
a los árboles, e inmóviles! ¡Así pasan el verano los chupamieles, secos y sin plumas en los árboles secos y sin
hojas!

¡El Cerbatanero de la Cerbatana de Sauco ha salido
del Baúl de los Gigantes al reverdecer los árboles y tronar la tempestad que es cuando despiertan los chupamieles, que es cuando vuelan los chupamieles, cuando
vuelan y vuelan los chupamieles!

¡El Cerbatanero de la Cerbatana de Sauco ha salido
del Baúl de los Gigantes con la boca llena de burbujas
para disparar en los caminos a esos mínimos pajarillos
que se alimentan de miel y de rocío, rojos, verdes, azules, amarillos, morados, negros; pero no sabe si gozar o
espantarse con la cerbatana, la dicha del rumor que canta en sus oídos!

CHUPAMIELES.—(*Verdes.*) ¡Chupamiel! ¡Chupamiel!
¡Chupamiel! ¡Chupamiel! ¡Chupamiel!

HUVARAVIX.—¡El Cerbatanero y los chupamieles qué
ajenos a Cuculcán que no se palpa por fuera y a la doncella que con el aliento pegado al de él...

CHUPAMIELES.—(*Verdes.*) ¡Chupamiel! ¡Chupamiel!
¡Chupamiel! ¡Chupamiel!

HUVARAVIX.—...Que con el aliento pegado al de él...

CHUPAMIELES.—(*Rojo.*) ¡Chupa-chupamiel! ¡Chupa-
chupamiel! ¡Chupa-chupamiel!

HUVARAVIX.—...¡Que con el aliento pegado al de él,
se ha quedado sin sus graciosos movimientos!

TORTUGA BARBADA.—¡Aop! ¡Aop! Pero despertará, al
tronar la tempestad, como los chupamieles...

HUVARAVIX.—Algún día no... Algún día, sí...

CHUPAMIELES.—(*Rojos.*) ¡Chupa-chupamiel! ¡Chupa-
chupamiel! ¡Chupa-chupamiel!

CHUPAMIELES.—(*Amarillos.*) ¡Miel de chupamiel!

¡Miel de chupamiel! ¡Miel de chupamiel! Miel de chupamiel!

CHUPAMIELES. — (*Morados.*) ¡Miel de chupa-chupamiel! ¡Miel de chupa-chupamiel! ¡Miel de chupa-chupamiel! ¡Miel de chupa-chupamiel!

CHUPAMIELES.—(*Negros.*) ¡Miel chupamiel y chupa-chupamiel! ¡Miel chupamiel y chupa-chupamiel! ¡Miel chupamiel y chupa-chupamiel!

HUVARAVIX.—¡Así pasan la primavera los chupamieles vivos y con plumas entre los árboles vivos y con flores!

CHUPAMIELES.—(*Morados.*) ¡Miel de chupa-chupamiel! ¡Miel de chupa-chupamiel! ¡Miel de chupa-chupamiel!

TORTUGA BARBADA.—¡Aop! ¡Aop! ¿Por qué no despertarla entonces? ¿Por qué dejar que pierda para siempre sus graciosos movimientos? Si la pones sobre mi concha escaparé con ella al país en que reviven las doncellas que se duermen como los chupamieles...

CHUPAMIELES.—(*Negros.*) Miel chupamiel y chupa-chupamiel! ¡Miel chupamiel y chupa-chupamiel!

HUVARAVIX.—¡No despertará más, Bárbara Barbada!

TORTUGAS BARBADAS.—¡Aop... aop... aop... aop... aop... aop... aop...!

HUVARAVIX.—¡Y para qué despertarla si se ha dormido oliendo al que creía para siempre suyo!

TORTUGA BARBADA.—¡Aop... aop... aop... aop... aop... aop...!

HUVARAVIX.—¡El humito que se levanta de los terrenos donde hay piedras preciosas veremos alzarse todas las mañanas del lugar en que ha perdido sus graciosos movimientos!

TORTUGA BARBADA.—¡Aop! ¡Aop! ¿Algún día despertarán las doncellas que se vuelven chupamieles?

HUVARAVIX.—Algún día, sí... Algún día, no...

TORTUGA BARBADA.—¡Aop! ¡Aop!... En el Arbol Cuculcán se ha dormido la Doncella Chupamiel, pero algún día tronará en sus oídos la primera tempestad de invierno...

HUVARAVIX.—Algún día, no... Algún día, sí...

Tortuga barbada.—¡Aop! ¡Aop! ¡Huvaravix, Maestro de los Cantos de Vigilia, el estiércol de murciélago raspa mis pupilas!

Huvaravix.—¡Cuculcán se ha dormido después de frotar su cuerpo de fuego a la mazorca que trajeron del maizal y nadie viene a ver la pluma que muestra el sexo tibio entre los pinos del escudo!

Tortuga barbada.—¡Aop! ¡Aop! ¡Aop! ¡Huvaravix, el estiércol de murciélago raspa mis pupilas!

Huvaravix.—¡Cuculcán se ha dormido donde la vida nace, no se palpa por fuera ni él ni su collar de cabezas de guerreros!

Tortuga barbada.—¡Aop! ¡Aop! ¡Huvaravix, el estiércol de murciélago raspa mis pupilas, hiéreme de sueño Maestro de los Cantos de Vigilia, que ya siento los ojos en agua, como se nubla el cuerpo del chupamiel cuando vuela!

Huvaravix.—¡Cuculcán no se palpa y mi canto golpea sus alas en la cara del Señor de la Hora en que todavía es de noche, porque es el canto de lo mejor de la doncella convertido en mariposa!

Tortuga barbada.—¡Aop! ¡Aop! ¡Huvaravix, el estiércol de murciélago raspa mis pupilas!

Huvaravix.—¡Culculcán no se palpa, se ha dormido, y mi canto es golondrina de fuego que no vuela superficialmente, sino va quemando el cielo sobre los árboles vestidos de graciosos movimientos, en el lugar en que se anudan los caminos, en que se anudan los destinos, en que se anudan los ombligos!

Tortuga barbada.—¡Aop! ¡Aop! ¡Huvaravix!

Huvaravix.—¡Las rosas se han levantado, sin las espinas en los pies de las hojas, vuelan los chupamieles sin sus picos de espina...!

Chupamieles.—(Verdes.) ¡Chupamiel! ¡Chupamiel! ¡Chupamiel! ¡Chupamiel!

Chupamieles.—(Morados.) ¡Miel de chupa-chupamiel! ¡Miel de chupa-chupamiel!

Tortuga barbada.—¡Aop! ¡Aop! Sin su pico de espina el chupamiel con qué probará la miel...

CHUPAMIELES.—(*Amarillos.*) ¡Miel de chupamiel! ¡Miel de chupamiel! ¡Miel de chupamiel!

TORTUGA BARBADA.—...Y con el pico de espina, qué doloroso dulce el de esa miel...

CHUPAMIELES.—(*Rojos.*) ¡Chupa-chupamiel! ¡Chupa-chupamiel! ¡Chupa-chupamiel!

TORTUGA BARBADA.—¡Sin espina no hay miel y con espina qué dolorosa es la miel!

Dos sombras color de agua asoman por detrás de la cortina negra y arrebatan a la doncella que duerme en brazos de Cuculcán. Se oye en el fondo el golpearse de las tortugas, atormentadas, retumbantes.

HUVARAVIX.—¡Se la han llevado! ¡Se la han llevado! ¡Se la han llevado y Cuculcán no se palpa! ¡Se la han llevado al Baúl de los Gigantes! ¡Se le han llevado a la ciudad donde todas las puertas están cerradas, atrancadas por dentro, para que nadie penetre a las habitaciones del templo en que se guardan el gusano y el oscuro plumón! ¡Se le han llevado, aop... aop... se la han llevado y no despertará como los chupamieles... se la han llevado ...se la han llevado! ¡Por él se pintaba su carita de jícara alargada hasta el peinado puntiagudo y su corazón de semilla de cacao tenía el tueste del escudo de los guerreros, el calor redondo de los comales! ¡Por él se había ataviado las muñecas de frágil caña morada con sartales de piedras y su cuello con nueve hilos de oro y plata avellanada! ¡Y hasta muy lejos se derramaba su olor de jardín con sobacos y sexo! ¡Se la han llevado... se la han llevado... en el lecho olvidó un zarcillo de cobre reluciente y florecillas de turquesa...!

Se oye un trueno de tempestad. Los chupamieles que han permanecido inmóviles, se ponen en movimiento, vuelan enloquecidos de alegría.

Segunda cortina
amarilla

*Cortina amarilla, color de la mañana, magia del color
amarillo de la mañana. Chinchibirín vestido de amarillo,
sin máscara, de rodillas ante la cortina amarilla. Se levanta y corre hacia el Oriente, Poniente, Norte y Sur,
ante los cuales hace grandes reverencias. Luego se encu-
clilla, no lejos del radio mágico de la cortina amarilla,
saca de su pecho un paño amarillo, redondo, en forma
de luna llena, lo extiende en el suelo y sobre él coloca
en círculo pepitas de oro, chayes de vidrio amarillo y
pedazos de copal que, después de masticarlos durante la
ceremonia, quema en un pequeño brasero. De un paño
negro saca entonces algo así como 200 frijolitos color
coral y después de revolverlos toma un puñito con los
dedos, los coloca aparte, y sigue así hasta formar más o
menos nueve montoncitos. De último, en el paño amarillo redondo como la luna, ha quedado un solo frijolito
coral y esto lo amedrenta y lo hace tocarse repetidas
veces los ojos, el pelo, los dientes, y quedar inmóvil. Mal
augurio el que sólo un frijol coral haya quedado. Pronto se tiende tétricamente alargado como un cadáver,*

*aunque poco a poco se va alejando del lugar en que
ha estado así por un momento, ayudándose de los codos,
la cabeza, la espalda, los pies, para no perder su posición de muerto alargado; mas al tocar la coritna amarilla, hace aspavientos de animal que se sacude el agua
del pelo, y salta de un lado al otro.*

CHINCHIBIRÍN.

> El aturdido son de los ronrones,
> baile de suertes en el sol maduro.
> Intocable la luz de sueño de agua.
> ¿Y mañana?...
> El aturdido son de los ronrones.
> Alivio perezoso del verano,
> en siesta atardecida, y el poroso
> no ver del árbol seco, el baile
> de las suertes en el aire...
> Son sus hojas que bailan en el aire,
> el aturdido son de los ronrones.

*Entra Cuculcán, todo de amarillo, en zancos amari-
llos, se sitúa frente a la cortina amarilla.*

CUCULCÁN.—¡Soy como el Sol!

CHINCHIBIRÍN.—¡Señor!

CUCULCÁN.—¡Soy como el Sol!

CHINCHIBIRÍN.—¡Mi Señor!

CUCULCÁN.—¡Soy como el Sol!

CHINCHIBIRÍN.—¡Gran Señor!

CUCULCÁN.—¡El pedernal amarillo es la piedra de la
mañana! ¡La Madre Ceiba amarilla es mi centro amarillo! ¡Amarillo es mi árbol, amarillo es mi camote,
amarillos son mis pavos, el frijol de espalda amarilla
es mi frijol!

CHINCHIBIRÍN.—¡Señor!

CUCULCÁN.—¡El pedernal rojo es la sagrada piedra
de la tarde! ¡La Madre Ceiba roja es mi centro, escon-
dido está en el Poniente, suyos son el zapote rojo y los
bejucos rojos! ¡Los pavos rojos de cresta amarilla son
mis pavos! ¡El maíz rojo y tostado es mi maíz!

CHINCHIBIRÍN.—¡Mi Señor!

CUCULCÁN.—¡El pedernal negro es mi piedra de la noche! ¡El maíz negro y acaracolado es mi maíz! ¡El camote de pezón negro es mi camote! ¡Los pavos negros son mis pavos! ¡La negra noche es mi casa! ¡El frijol negro es mi frijol! ¡El haba negra es mi haba!

CHINCHIBIRÍN.—¡Gran Señor!

CUCULCÁN.—¡El calabazo blanco inunda las tierras del Norte! ¡La flor amarilla es mi jícara! ¡La flor de oro es mi flor!

GUACAMAYO.—(Oculto.) ¡Cuác, cuác, cuác, cuác!

CUCULCÁN.—¡El calabazo rojo se derrama sobre las tierras del Poniente! ¡La flor roja es mi jícara! ¡El girasol rojo es mi girasol!

GUACAMAYO.—(Oculto.) ¡Cuác, cuác, cuác, cuác!

CUCULCÁN.—¡El calabazo negro riega las tierras invisibles! ¡El lirio negro es mi jícara! ¡El lirio negro es mi lirio!

CHINCHIBIRÍN.—¡Señor, mi Señor, gran Señor!

GUACAMAYO.—(Oculto.) ¡Cuác, cuác, acucuác, cuác! ¡Acuác! ¡Acucuác! ¡Acucuác!

CUCULCÁN.—¡Pájaro de colores, como el engaño! Su resplandor no penetró todo el cielo, porque sólo era el esplendor de las jadeítas y las piedras preciosas de su plumaje.

CHINCHIBIRÍN.—¡Es el Engañador y va a perdernos! ¡Su voz deja en los oídos saliva venenosa de serpientes y supuración de malestares en el pecho!

GUACAMAYO. — (Oculto.) ¡Cuác, cuác, cuác, cuác! ¡Acucuác!

CHINCHIBIRÍN.—¡Hay que matarlo! Su cadáver quedará como un arcoiris blanco...

CUCULCÁN.—Su voz. Habla oscuridad. De lejos es lindo su plumaje de alboroto de maíz dorado sobre el mar y la sangre. Todo estaba en la jícara de la tiniebla revuelto, descompuesto, informe. El silencio rodeaba la vida. Era insufrible el silencio y los Creadores dejaron sus sandalias para significar que no estaban ausentes de los cielos. Sus sandalias o ecos. Pero el Guacamayo, jugando con las palabras, confundió los ecos, sandalias

de los dioses. El Guacamayo con su lengua enredó a
los dioses por los pies, al confundirles sus sandalias, al
hacerles andar con los ecos del pie derecho en el pie·
izquierdo...

GUACAMAYO.—(*Oculto.*) ¡Cu-cu-cu-cuác! ¡Cu-cu-cuác!

CUCULCÁN.—¡Fue terrible, sangraron los pies de los
dioses confundidos en sus sandalias!

CHINCHIBIRÍN.—Las sandalias de Cuculcán son sus
zancos...

CUCULCÁN.—¡Mis zancos son los árboles que crecen! (*Los zancos de Cuculcán empiezan a crecer y él se
ve más alto.*)

GUACAMAYO. — (*Oculto.*) ¡Cu-cu-cu-cuác! ¡Cu-cu-cu-
cuác!

CHINCHIBIRÍN.—¡Una piedra y mi honda!

CUCULCÁN.—(*Han seguido creciendo los zancos y ya
casi ha desaparecido en lo alto.*) ¡No, el Guacamayo es
inmortal!

*Cuculcán desaparece en lo alto. De los zancos brotan
enormes ramas. Se vuelven árboles. Chinchibirín queda
con la honda al aire, ya para lanzar el proyectil contra
el Guacamayo oculto.*

CHINCHIBIRÍN.—(*Después de recoger el paño redondo, objetos y frijolitos coral.*) Un mercado es como un
Gran Guacamayo, todos hablan, todos ofrecen cosas de
colores, todos engañan, el que vende escobas, el que
vende cañutos de humo, el que vende cal, el que vende
jícaras, el que vende fruta, el que vende pescado, el que
vende aves, el que vende gusanos, y entre ellos se mezclan los salteadores, los bebedores de chicha, y los vendedores ambulantes de cañas dulces con penacho de
hojas, sopladores y petates de palma suave como la voz
de los abuelos. Pero aquí viene, con algún mensaje, el
Blanco Aporreador de Tambores.

*El Blanco Aporreador de Tambores se detiene a la
sombra de los árboles en que se transformaron los zancos de Cuculcán y deja poco a poco en el suelo un bulto
mediano que trae al hombro, envuelto en una sábana.
Acto seguido, toca su tambor. Chinchibirín se aparta para
oírle.*

BLANCO APORREADOR DE TAMBORES.—¡Mis manos blancas se pintaron de tiña en los tunales! ¡Mis tambores son como rodajas de tuna! ¡La Abuela de los Remiendos tiene lunares de espinas y por eso viene envuelta en sábanas de blancas nubes! ¡Su sabiduría es de plata y quien la consulta sabe que su voz no llegará por su oreja, sino por inspiración! (*Desanuda el bulto, lo abre y aparece una viejecita liliputiense.*) ¡Abuela de los Remiendos, bien venida al país de huipiles sembrados, montañosos, con dibujos de animalitos, pájaros y conejos, huipiles extendidos, con agujeros azules para las cabezas que han de salir de lo profundo! (*Toca el tambor.*) ¡Bien venida, Abuela de los Remiendos! (*Vuelve a tocar el tambor.*)

CHINCHIBIRÍN.—(*Se aproxima.*) Una consulta, abuelita...

ABUELA DE LOS REMIENDOS.—Las que quieras, hijo; pero tómame en brazos que no sé estar en el suelo.

CHINCHIBIRÍN.—(*La levanta y la carga como a una criatura.*) ¿Qué clase de ave es el Guacamayo?

ABUELA DE LOS REMIENDOS.—¿Por qué preguntas eso?

CHINCHIBIRÍN.—Por curiosidad, abuelita; hay tantos por aquí que uno no los distingue.

ABUELA DE LOS REMIENDOS.—¿Qué cosa y cosa es el Guacamayo? Sí, son distintos, y entonces tu pregunta ya es distinta.

CHINCHIBIRÍN.—No sé, abuelita...

ABUELA DE LOS REMIENDOS.—Hay guacamayos de cabeza colorada, pico amarillo muy ganchudo y vestido verde; otros de plumas amarillas resplandecientes; los llama de fuego, color de sangre coagulada y plumas azules en la cola, y los de bella emplumadura morada.

BLANCO APORREADOR DE TAMBORES.—¡Mis manos blancas se pintaron de tiña en los tunales! ¡Mis tambores son como rodajas de tuna! ¡La Abuela de los Remiendos tiene lunares de espinas y por eso viene envuelta en sábanas de blancas nubes! ¡Su sabiduría es de plata y quien la consulta sabe que su voz no llegará por su oreja, sino por inspiración! (*Toca el tambor.*)

CHINCHIBIRÍN.—(*Cambiando de brazo a la abuelita.*) ¡Te cargaré con el brazo del corazón, para que me digas si los Guacamayos son inmortales!

ABUELA DE LOS REMIENDOS.—¡Son inmortales!

CHINCHIBIRÍN.—¿Por qué son inmortales?

ABUELA DE LOS REMIENDOS.—Porque son pájaros de encantamiento. Pero tu pregunta era otra y ha huido de la punta de tu lengua. Algo más querías saber de estos pájaros de oro redondo color de oro.

CHINCHIBIRÍN.—No se te puede ocultar nada, Abuela de los Remiendos. El Guacamayo...

GUACAMAYO.—(*Oculto.*) ¡Cuác, cuác, cuác! ¡Cuác, cuác, cuác!

BLANCO APORREADOR DE TAMBORES.—(*Sonando el tambor muy suave.*) ¡Al que habla del Guacamayo, le cae el rayo!

ABUELA DE LOS REMIENDOS.—¡Por la tempestad de tus tambores!

BLANCO APORREADOR DE TAMBORES.—¡Mis manos blancas se pintaron de tiña en los tunales! ¡Mis tambores son como rodajas de tuna! (*Suena muy fuerte, tempestuoso, el tambor.*)

GUACAMAYO.—¡Cuác, cuác, cuác! (*Entra y por entrar ligero se cae armando la del rayo. Se levanta furioso.*) ¡Cuarác, cuác! ¡Cuarác, cuác!

CHINCHIBIRÍN.—(*Al cesar el estruendo del tambor y callar el Guacamayo.*) Tu presencia facilita que sigamos nuestro consejo. Huvaravix, el Maestro de los Cantos de Vigilia y Ralabal, el que maneja los vientos, fueron testigos. Ahora, la Abuela de los Remiendos, nos servirá de juez.

ABUELA DE LOS REMIENDOS.—Tengo seca la boca. Debe haber una caña dulce para la pobre abuela. Cuando se es viejo, las arrugas de la tos de los años, que son peor que la sed, cierran la garganta, por eso es que los viejos hacemos como que chupamos, como que mamamos...

BLANCO APORREADOR DE TAMBORES.—Yo toco mis

tambores con caña dulce, por eso mi tempestad engendra las lluvias dulces. Toma, abuela...

CHINCHIBIRÍN.—¿Ya podemos hablar?

ABUELA DE LOS REMIENDOS.—Ya pueden hablar. La caña se hace agua de lluvia dulce en mi boca. Muy sabrosa, muy sabrosa. Ni tierna ni sazona...

CHINCHIBIRÍN.—¡Cuác, dices que en el Palacio del Sol todo es mentira, dices que la vida es una ilusión de los sentidos, dices que nada existe fuera de Cuculcán que pasa de la mañana a la tarde, de la tarde a la noche, de la noche a la mañana...

GUACAMAYO.—¡Acucuác, cuác, cuarác!

BLANCO APORREADOR DE TAMBORES.—(*Sumerge en el ruido de sus tambores, la voz del Guacamayo.*) ¡Escucha, primero, lo que se habla, Saliva!

ABUELA DE LOS REMIENDOS.—¡Y tú, calla tus tempestades de cuero porque pueden despertar los chupamieles!

GUACAMAYO.—Abuela sublime, ¿qué remedio tienes para el dolor de dientes? ¡Me duelen cuando hay eclipse y cuando veo comer caña!

ABUELA DE LOS REMIENDOS.—¡No puede haber eclipse más que en tu saliva, porque la luna se despedazó en tu boca, por eso te llamas Saliva de Espejo, y si hacen merced de creerlo, un guerrero no morirá, caerá aparentemente muerto bajo la tiniebla del sueño, y de su pecho volverá a salir el espejo amarillo del cielo, el comal redondo en que se cocían al fuego lento de las estrellas, las tortillas de los dioses; amarillas y blancas tortillas hechas de maíz amarillo y blanco, los días, y negras tortillas hechas de maíz negro, las noches. (*Blanco Aporreador de Tambores, atento al discurso de la Abuela, toca el tambor, mientras ella toma aliento recapacita y sigue.*) ¡La Luna, por consejo de Saliva Pluma Amarilla, Pluma Roja, Pluma Verde, Pluma Morada, Pluma Azul...

CHINCHIBIRÍN.—¡El Arcoiris!

GUACAMAYO.—¡Yo pedí remedio contra el dolor de dientes, y ve con lo que sales, Abuela meñique!

BLANCO APORREADOR DE TAMBORES.—(*Ahoga con el*

tambor la voz del Guacamayo.) ¡Maña la tuya de no dejar hablar a los otros!

GUACAMAYO.—¡Acucuác, cuarác!

CHINCHIBIRÍN.—¡Van a despertar los chupamieles!

ABUELA DE LOS REMIENDOS.—¡Sí, van a despertar los chupamieles con esa tempestad en verano!

BLANCO APORREADOR DE TAMBORES.—Y no resisto. Cuando lo oigo hablar me quema los oídos y entonces echo a sonar la tempestad en mis tambores, para que venga el agua. Todas las orejas tostadas de las hojas han escuchado su voz de fuego. Abuela de los Remiendos, dejaré la tentación del tambor para cargarte. (*La toma de brazos de Chinchibirín.*)

CHINCHIBIRÍN.—Habla, Abuela. Nos interesa el final de lo que decías.

ABUELA DE LOS REMIENDOS.—Saliva aconsejó a la Luna que se mostrara ante los dioses inconforme por su suerte. La de ella y la de todos los comales. ¡No es justo, dicen los comales, que mientras las mujeres aplauden con el maíz en las manos, al hacer las tortillas, nosotros nos quememos! La Luna enrojeció y se hizo pedazos, pero sus fragmentos cayeron en el sueño del guerrero frijol negro con resplandor nocturno y de su pecho resurgirá.

BLANCO APORREADOR DE TAMBORES.—¡Un guerrero no morirá y de su pecho resurgirá la Luna, Comadre de los Comales! La comadre Luna. Del pecho del guerrero frijol negro con resplandor nocturno.

GUACAMAYO.—(*Burlón.*) ¡Acucuác, la abuelita debía contar otra adivinanza...! ¿Qué cosa y cosa una jícara azul, sembrada de maíces tostados?

ABUELA DE LOS REMIENDOS.—¡El cielo sembrado de estrellas!

GUACAMAYO.—(*Muy contento de la contestación de la Abuela que le permite seguir la burla.*) ¿Qué cosa y cosa van guiando las plumas coloradas y van tras ellas los cuervos?

ABUELA DE LOS REMIENDOS.—¡La chamusquina de las cabañas!

GUACAMAYO.—(*En abierta burla.*) ¡Curác-cuác, cutrác!... ¿qué cosa y cosa una vieja que tiene los cabellos de heno y está cerca de la puerta de casa?

CHINCHIBIRÍN.—¡La troje y te callas de una vez!

BLANCO APORREADOR DE TAMBORES.—¡Toma a la Abuela, Chinchibirín, porque si Saliva sigue burlándose de su sabiduría, le voy a dar con el tambor en el pico!

ABUELA DE LOS REMIENDOS.—¡No haya guerra! Estoy cansada, debemos volver a casa, Blanco Aporreador de Tambores, sin provocar la tempestad del trueno que adelantaría la primavera. Esta vez, la Luna brillará en el cielo cuando despierten los chupamieles.

GUACAMAYO.—(*Riéndose.*) ¡Cuác, cuác, cuác, cuác, cuác!... ¡Cuác, cuác, cuác, cuác!

ABUELA DE LOS REMIENDOS.—(*Al ademán de Blanco Aporreador de pasarla a brazos de Chinchibirín, se agarra del cuello de aquél.*) ¡No, no, no, ya debo irme, ya debemos irnos, sin más escándalo!

BLANCO APORREADOR DE TAMBORES.—Entonces, te voy a envolver, Abuela... (*La coloca sobre las sábanas en que la traía y vuelve a hacer bulto con ella.*) Y tú debías agradecer que la Abuela no quiere que se haga escándalo, si no te curaba el dolor de dientes, dejándote sin dientes.

CHINCHIBIRÍN. — ¡Aparta, Blanco Aporreador de Tambores, que yo soy el que va a acabar con él; pero antes quiero probarle que no es cierto todo lo que me ha dicho! (*Refiriéndose a la Abuela.*) ¡Y qué bien que se deja, es apenas creíble que tan gran sabiduría viaje en un tanatillo de nubes!

BLANCO APORREADOR DE TAMBORES.—(*Al terminar de hacer el bulto con varios nudos.*) ¡Este nudo es el del Norte, el de la mano blanca de dedos con tortilla de maíz blanco! ¡Este nudo es el del Sur, el de la mano amarilla de dedos con calabaza amarilla! ¡Este nudo es el del Oriente, el de la mano roja de las suertes con los frijolillos rojos! ¡Este nudo es el del Poniente, el de la negra mano de la noche! ¡Cuatro son los nudos del cielo, en la nube de la Abuela de los Remiendos!

CHINCHIBIRÍN.—¿Y no pesa?

BLANCO APORREADOR DE TAMBORES.—¡Nada! ¡Menos que un colibrí! ¡Puedes pulsarla, es una pluma!

CHINCHIBIRÍN.—(*Tomándola de manos de Blanco Aporreador.*) ¡Es un juego y se podría ir con ella por los caminos, lanzándola hacia arriba y recibiéndola! (*Al decir esto, lanza el bulto hacia lo alto. En vano trata Blanco Aporreador de interponerse, de impedirlo, ya está hecho y en lugar de caer el bulto, sigue hacia arriba y se detiene como una nube, a los ojos de todos.*)

BLANCO APORREADOR DE TAMBORES.—¿Qué has hecho, Chinchibirín?...

CHINCHIBIRÍN.—¡No sabía que era una nube!

BLANCO APORREADOR DE TAMBORES.—¡Mejor no te la hubiera dado! (*No sabe qué hacer, a todo esto la nube va caminando, es el bulto en que va la Abuela de los Remiendos.*)

GUACAMAYO.—(*Con fiestas, alegrándose de lo que les ha pasado.*) ¡Chin-chin-chin-chibirín! ¡Chin-chin-chi-chibirín! ¡Chin-chin-chinchibirín! ¡Chinchibirín-chin-chin! ¡Chinchibirín-chin-chin!

BLANCO APORREADOR DE TAMBORES.—¡Mi tambor! ¡Mi tambor! (*Ha empezado a soplar fuerte viento.*)

CHINCHIBIRÍN.—¡La Abuela dijo que no pelearan! (*Trata de detener a Blanco Aporreador que ha tomado el tambor.*) ¡No es hora de pelear... debemos ver cómo salvamos a... deja... deja el tambor... estos pájaros son así, muy vestidos de piedras preciosas, muy bonitos por fuera, pero de un corazón negro!...

BLANCO APORREADOR DE TAMBORES.—¡Suelta... suéltame las manos... déjame el tambor... voy a que truene la tempestad del eco para que llueva y rescatemos a la Abuela, y entonces devolveremos su risa a este Saliva de mal corazón, en las mazorcas!

Segunda cortina
roja

Cortina roja, color de la tarde, magia del color rojo
de la tarde. Cuculcán se desviste del amarillo de la
mañana con movimientos sacerdotales. Un escuadrón de
guerreros pasa. Pitahaya las caras, pitahaya las manos,
pitahaya los pies. Todos van empenachados con plumas
purpurinas. En las orejas, a manera de aretes, pájaros de
plumas rojas o flores de fuego. Trajes, escudos, arcos,
calzas, flechas en matices que van del pálido barro quemado hasta el rabioso rojo de la sangre. Entran y salen
en formación interminable. Vestido Cuculcán de rojo, se
coloca frente a la cortina roja de la tarde y a partir de
ese momento, empieza a anunciarse la batalla con gritos
estridentes. Los guerreros rojos, por sus genuflexiones,
más parecen tratantes que guerreros. Es un baile de
ofertas y de réplicas. Pero de las genuflexiones pasan al
ataque. Resuenan tambores y caracolas.

CORO.—(*Lento.*) ¿De qué subterráneo se arrancan
las chispas de la destrucción? ¡El humo, la ahogazón,

salta del pecho de la tierra herida! ¡No te bastó olerme
por encima y enterrar tu flecha en mi corazón! ¿A qué
huele mi corazón? ¡Dílo, por el turpial que lo calla, di
a qué huele mi corazón! ¡Mañana será tarde! ¡Mi oído
estará seco! ¡Di a qué huele mi corazón, antes que el
suelo se haga mi horizonte! ¡Mi corazón perforado por
la flecha quedará como la piedra agujereada del juego
de pelota! ¡En tu flecha tu olor que me duele!

CHINCHIBIRÍN.—(*Se detiene en medio de la batalla,
en que él y Cuculcán toman parte activa entre los combatientes, todos al ataque de la cortina roja con sus
flechas.*) ¡Guerreros, aquí encenderemos, después del
triunfo, la colmena de las avispas de oro, sudorosas
de sol las alas y ventrudas de miel amarga! ¡Las avispas
que robaron los ojos a las flores, pancitas llenas de ojos
de flores que ciegas quedaron! ¡Ciegas! ¡Por eso es la
guerra, matanza por las flores que quedaron ciegas! ¡Las
avispas de oro les robaron los ojos para los panales de luz!
¡Ciento y miles de gallinas van a ser desvestidas de sus
plumas! ¿Dónde están los enemigos? ¡Sobre ellos iremos
a descansar!...

CORO.—(*Lento.*) ¡Fiesta del reposo sobre los enemigos! ¡Seis días y veinte días atrás éramos amigos, sabíamos su olor sin negarles el nuestro; el aire nos traía
sus cabellos, como hierbas fragantes, y espumitas de
su saliva pisaban nuestras plantas, y su tabaco pintaba
de amarillo nuestros dientes!

*Sigue la lluvia de flechas rojas sobre la cortina roja.
Tambores, conchas de tortugas, tunes, caracolas, piedras
entrechocadas aumentan el ruido desgarrador de la batalla
de la tarde.*

CORO.—(*Lento.*) ¡Fiesta del reposo sobre los enemigos! ¡Seis días y veinte días fuimos amigos, hoy descan-
saremos sobre ellos o ellos sobre nosotros, como enemigos, descansarán! ¡No hay paz si no se reposa sobre
los escudos, las cabezas y los cuerpos sin cabeza del enemigo! ¡Nosotros, oíd guerreros, oíd guerreros combatientes, hemos vivido en paz, porque cien veces en cien años
de cuatrocientos días, nuestros padres descansaron, des-

pués del combate, sobre los escudos, las cabezas y los cuerpos sin cabeza del enemigo!

Una lluvia de flechas cae sobre la cortina roja. Disparan casi al mismo tiempo todos los guerreros. Cuculcán, unido a los combatientes, dispara. Bailan al compás de un estrépito ensordecedor de tambores, caracolas, tunes, piedras golpeadas. La lluvia de flechas rojas enciende, cerca de la cortina de la tarde, el fuego de la guerra. Llamea. Los guerreros siguen a Cuculcán, se acercan y se alejan del fuego. Más flechas, piedras de honda de pita y alaridos de gusto, de rabia, de guerra, de fiesta.

CHINCHIBIRÍN.—(*Hace alto y grita sofocado.*) ¡Guerreros, la raíz de la guerra en las lenguas de lo que cada uno defiende! ¡La raíz de la guerra en el aliento del hombre combatiente! ¡Es hermoso defender con la palabra lo que se paladea con el pedernal filudo de la mirada, en el ojo del combatiente enemigo o en su pecho de piedra contraria! ¡Con la mirada me sacó la sangre más que con su cuchillo de pedernal! ¡Mi sangre era mi vuelo... (*cayendo y levantándose*)... ah, cómo pesa el cuerpo del guerrero herido... no, no me dejes libre, átame de pies y manos a la muerte para que no vuelva al fuego que me llama!

Sigue la danza guerrera. Muchos heridos y muertos. Los combatientes saltan sobre los cuerpos de sus compañeros. Al apagarse el campo de batalla con la última luz de la tarde, Cuculcán dispara su última flecha y sale. Chinchibirín está entre los caídos.

CHINCHIBIRÍN.—(*La voz que no alcanza aliento.*) ¡Mi sangre era mi vuelo... era el ave que dentro de mí volaba para mantenerse en alto... ah... cómo pesa el cuerpo del guerrero herido... del guerrero que... del guerrero que... que... que ya va perdiendo por dentro el vuelo de su sangre!... ¡No... no me dejes libre, átame de pies y manos a la muerte, para que no vuele al fuego que me llama!

GUACAMAYO.—(*Entra silencioso, funeral. Algunas plumas alborotadas sobre sus ojos le dan apariencia pensativa, pues parece que junta las cejas para ver mejor el triste resultado de la batalla. Pasa entre los guerreros caídos, como reconociéndolos y llega por fin a Chinchibirín que yace inmóvil. Se inclina como para olerle el aliento y aletea gozoso, significando que aún vive.*) ¡Uác, uác! ¡Uác, uác! ¡Uác, uác! (*Da vueltas aleteando alrededor de Chinchibirín.*) ¡...birín, cuác, Chinchibirín, cuác, Rinchinchibirín, cuác, cuác!... ¡Chin! ¡Chin! ¡Chin! ¡Chinchibirín!... ¡Chin! ¡Chin! ¡Chin! ¡Chinchibirín! ¡Chin! ¡Chin! ¡Chin! ¡Chinchibirín! ¡Chin! ¡Chin! ¡Chin! ¡Chinchibirín! (*Así diciendo, va, paso adelante, paso atrás, alrededor del cuerpo de Chinchibirín; pero de pronto se detiene y va hacia el fuego que arde cerca de la cortina de la tarde.*) ¡Chin! ¡Chin! ¡Chinchibirín! ¡Chin! ¡Chin! ¡Chinchibirín! ¡Chin! ¡Chin! ¡Chinchibirín! (*Al llegar al fuego, se pone de espaldas y lo oculta con las alas abiertas.*)

CHINCHIBIRÍN.—(*Se incorpora poco a poco. Casi no puede levantar la cabeza.*) ¡Sobre nosotros descansarán ahora nuestros enemigos! ¡Tendrán paz y la servidumbre de los nuestros, y nuestras mujeres, y nuestras joyas, y nuestras plumas, y nuestras cosechas! (*En la penumbra crepuscular confunde al Guacamayo con el Arcoiris.*) ¡Ah, ya asoma el arcoiris, cubre el fuego de la guerra con sus alas, el fuego de la guerra que no tiene ceniza! ¡Se levanta sin la flecha que nos dio la muerte! ¡Ya lo veo y veo pasar bajo su puerta de colores, las sombras de los que perdieron la vida combatiendo! ¿Qué será de nuestros enemigos en su pensamiento? ¿Qué será de nuestros enemigos en su corazón, ahora que tienen paz y reposo sobre nuestros escudos, sobre nuestras cabezas, sobre nuestros cuerpos sin cabeza? ¡A la espalda de ellos ha salido el arcoiris! (*El Guacamayo mueve las alas.*) Y no sólo veo sus colores, sino entiendo sus señales, bejuco de agua de colibrí, habla de cielo en nube acabada de partir... (*El Guacamayo se vuelve.*)

GUACAMAYO.—(*Volviéndose a Chinchibirín, sacude las alas.*) ¡Cuác! ¡Cuác! ¡Cuác!

CHINCHIBIRÍN.—(*Trata de incorporarse, como el que se defiende en agonía, y apenas si logra articular.*) ¿A qué vienes? Di, ¿a qué vienes? ¡Tú, el Arcoiris del Engaño... qué dura es la derrota!...

GUACAMAYO.—(*Se aproxima a Chinchibirín que ha vuelto a botar la cabeza sobre la tierra del combate.*) ¡Vengo para una sola y última flecha! (*Se echa junto a Chinchibirín que no responde, lo acaricia con la pata.*) ¡Una sola y última flecha, acucuác!

CHINCHIBIRÍN.—(*Reacciona. El Guacamayo se para y se retira asustado.*) ¡El arco... mi flecha... mi flecha... mi... mi...

GUACAMAYO.—¡Tu última flecha es Yaí!

CHINCHIBIRÍN.—(*Habla con dificultad. Parece haberse agotado más con la reacción violenta.*) ¡Yaí, Flor Amarilla... co..mo.. mis ojos con..mi..go.. co..mo.. mis o..í..dos.. conmigo.. co..mo.. mis pies con..migo.. co..mo.. mis ma.. como mis manos conmigo... ¡Yaí, Flor Amarilla!... (*Gritando.*) ¡Yaí, Flor Amarilla... (*Se vuelve a incorporar.*) Mi madre era ciega, pero ella la veía pasar por mi júbilo y yo la veía pasar por los ojos de ella que no la veía... ¡Yaí, Flor Amarilla!... ¡Flor - flecha amarilla para matar al Guacamayo, ahora que estoy empapado de crepúsculo!

Prolongado silencio. Se oye la respiración del Guacamayo. Sus picotazos al aire, como si atacara a alguien. Pura monomanía de pájaro viejo. Entra Yaí, joven, radiante. Viste de amarillo muy claro. Sortea al pasar los cuerpos de los caídos en el combate de la tarde. Se detiene junto al fuego que arde cerca de la cortina roja, y dice al fuego.

YAÍ.—Los que oyen la tierra hecha en sus oídos tierra. Los que ven la tierra hecha en sus ojos tierra. Los que huelen la tierra hecha en sus narices tierra. Los que prueban la tierra hecha en sus labios y sus lenguas tierra...

CHINCHIBIRÍN.—(*Voz lejana, apagada, surgida de entre los muertos en el combate.*) ¡Yaí, Flor Amarilla...!

YAÍ.—(*Sorprendida de oírse nombrar, sin saber por quién.*) Después del combate quedan vagando en el campo de batalla las últimas palabras de los combatientes. Después del combate, después de la vida, después de la llama, cuando la brasa deja ir maripositas de blanca ceniza...

CHINCHIBIRÍN.—¡Yaí, Flor Amarilla!

YAÍ.—(*Inquieta, pierde su aparente aplomo.*) ¡Alguno de los combatientes murió con mi nombre en los labios!... Cuculcán... ¿Sería Cuculcán, al que estoy ofrecida desde niña? (*Busca entre los guerreros caídos, para ver si le encuentra.*) ¡Cuculcán! ¡Cuculcán, Poderoso del Cielo y de la Tierra, el del Palacio de los Tres Colores, como el Palacio del Sol... el que sale por la mañana vestido de amarillo, el que por la tarde viste de rojo, el que por la noche, aún vestido, tiene la desnudez de la tiniebla...!

CHINCHIBIRÍN.—¡Yaí, Flor Amarilla!

YAÍ.—(*Toma de un ala al Guacamayo que parece dormitar.*) ¡Tú has sido! ¿Para qué me quieres? ¿Para qué me llamas?

GUACAMAYO.—(*Defendiéndose.*) ¡Cuác! ¡Cuác! ¡Cuác!

YAÍ.—¡Me quieres hacer creer que me llaman los muertos, embustero!

GUACAMAYO.—(*Encorajinado.*) ¡No he movido el pico!

YAÍ.—Gran Saliva de Espejo cuando quiere habla sin mover el pico...

GUACAMAYO.—¡Cuác! ¡Cuác! ¡Cuác!

YAÍ.—Digo que Gran Saliva de Espejo cuando quiere habla sin mover el pico. Ahora mismo me llamabas con una voz que te sale de las plumas del vientre. Sin duda querías apartarme del fuego de la guerra, el fuego que no tiene ceniza, y que pronto será el nance de la tarde, aquel fuego que tú picoteaste en vano.

CHINCHIBIRÍN.—¡Yaí, Flor Amarilla!

YAÍ.—¡Habla como debe ser, para eso tienes pico!

—¡Me da miedo, me escalofría oírte hablar con las plumas!

GUACAMAYO.—Acacuác, esa voz es tan conocida, antes te salía a llamar en los caminos del sueño.

YAÍ.—¡Ahora me ha salido a llamar...! (*Las manos en la cara, sobre los ojos, lo que le impide ver de dónde parte esta vez su nombre.*)

CHINCHIBIRÍN.—¡Yaí!...

YAÍ.—¡Ha dicho mi nombre un muerto! ¿Has oído mi nombre, mi nombre, Yaí, dicho por un muerto, Relámpago de Chayes de Colores?

GUACAMAYO.—El nombre de la que hablaba con el fuego...

YAÍ.—¡Yo hablaba con el fuego!

GUACAMAYO.—¡Le dabas tu último mensaje, acucuác: Flor Amarilla compartirá esta noche el lecho del Poderoso Cuculcán!

YAÍ.—(*Inclinándose para asentir con lo dicho por el Guacamayo.*) De la frente al caer de mi suerte...

GUACAMAYO.—¡Cuác de mi acucuác!

YAÍ.—En el lugar de la Abundancia me ofrecieron mis padres en forma de una flor a Cuculcán y por eso no hubo cosecha mala en sus tierras ni mal de ojo en la casa. Cinco veces se abrió el vientre de mi madre y yo fui la elegida. Conmigo se cerró el vientre de mi madre para siempre.

GUACAMAYO.—(*Paternal.*) Yaí, cuác de mi acucuác, al abrirse la última vez el vientre de tu madre, fue una concha de dos labios que dejó escapar una palabra con destino de molusco.

YAÍ.—No entiendo lo que dices, pero me da miedo; mientras hablaba con el fuego, me llamó un muerto y no era Cuculcán.

GUACAMAYO.—¡No era Cuculcán, cuác de mi acucuác; el Poderoso del Cielo y de la Tierra, te espera esta noche!...

YAÍ.—¿Será mi esposo?

GUACAMAYO.—¡Sólo esta noche, Flor Amarilla de Cuculcán hasta la Aurora!

YAÍ.—(*Tirando de una de las alas al Guacamayo.*) ¡De mi frente al caer de mi suerte, qué has dicho!

GUACAMAYO.—¡Yaí, Flor Amarilla de Cuculcán hasta la Aurora!

YAÍ.—¡De mi frente al caer de mi suerte, por qué hasta la aurora!

GUACAMAYO.—¡Porque el amor sólo dura una noche!

YAÍ.—¿Y mañana?

GUACAMAYO.—¡Ay, cuác de mi acucuác, para la doncella que pasa la noche con el Sol, no amanece el Sol! ¡Te arrancarán del lecho del Poderoso Señor del Cielo y de la Tierra, antes del rosicler del alba!

YAÍ.—De mi frente al caer de mi suerte, seré la estrella de la mañana, eso quieres decir.

GUACAMAYO.—¡Ay, cuác de mi acucuác, cómo defiendes tu ilusión! Las manos de los ríos te arrancarán de su lecho, para precipitarte en el Baúl de los Gigantes.

YAÍ.—Pues iré río abajo, piragua cargada con maíz de agrado. Maíz de agrado es el lenguaje de mi Señor. Pasaré los ríos, pasaré los lagos y al mar llegaré dulce. ¡Ya ves cómo defiendo mi ilusión!

GUACAMAYO.—Si de verdad la quieres defender, oye las plumas amarillas de mi lenguaje, en un relámpago te dirán lo que tienes que hacer, para que su lecho no lo ocupen, hoy tú y mañana otra...

YAÍ.—¿Otra?

GUACAMAYO.—¡Otra!

YAÍ.—¿Otra?

GUACAMAYO.—¿De qué te extrañas? El amor de Cuculcán es como todo en su palacio, pasajero.

Yaí y el Guacamayo se apartan hablando en voz baja. Ella muy pensativa y él con suaves ademanes de confidente. Chinchibirín como si quisiera desatarse de lo que está soñando (está soñando a Yaí y al Guacamayo), forcejea por despertar y habla, sin que aquéllos se den cuenta.

CHINCHIBIRÍN.—¡El Arcoiris del Engaño para Yaí, la última flecha, y yo el arquero! De mi frente a donde caen las hojas, ella será la última flecha, si pone asunto a sus palabras. ¡Flor Amarilla, no le oigas, no sigas su consejo, yo te conocí cuando no eras mujer en el Lugar de la Abundancia, cuando eras agua y contigo mitigué mi sed, cuando eras sombra de pinal y yo el dormido, cuando eras barro de comal para calentar tortillas titilantes! Las tortillas eran estrellas y en la casa y en los caminos nos acompañaban... (*Calla y vuelve a quedar inmóvil.*)

GUACAMAYO.—¡Cuác, cuác, cuác, acucuác, cuác!

YAÍ.—(*Sonriente y juguetona sigue al Guacamayo que se retira colérico.*) ¿Qué pierdo con oír a este pajarraco? ¡Gran Saliva, no me dejes sembrada, sin esperanza, en la congoja de la tierra negra! Titubeó sin tu consejo, malo es tu corazón, porque a todo me resigno, menos a la otra...

GUACAMAYO.—Si sólo fueras tú, pero esa otra. (*Se alejan. Ella, poco a poco, va perdiendo su aire burlón y parece preocupada de lo que le dice el Guacamayo.*)

CHINCHIBIRÍN.—¡Yaí, Flor Amarilla, no le des oídos al engaño, quiere acabar con el Palacio de los Tres Colores que dice que es sólo una ilusión de los sentidos, porque nada existe, fuera de Cuculcán que pasa de la mañana a la tarde, de la tarde a la noche, de la noche a la mañana, de la mañana a la tarde...

GUACAMAYO.—(*Volviéndose a Chinchibirín que sólo él alcanza a oír.*) ¡Cuác! ¡Cuác! ¡Cuác!

YAÍ.—¿Hablas con los muertos?

GUACAMAYO.—¡Sí, porque estoy hablando contigo!

YAÍ.—¡Horroroso!

El Guacamayo y Yaí siguen hablando. No se oye lo que hablan, pero por sus actitudes y movimientos se adivina que él trata de convencerla.

CHINCHIBIRÍN.—¡Yaí, Flor Amarilla, no te pongas en el Arcoiris de su voz como una flecha! ¡El mismo me lo dijo: tú, el arquero; Yaí, la flecha, y yo el Arcoiris! ¡No te dejes guiar por el plumaje rico y perfecto color de su lenguaje! ¡El embuste vestido de piedras preciosas, embuste se queda! ¡Siento que se hacen agua mis espejos en sus casas de ramos de pino!

YAÍ.—(*Al Guacamayo.*) ¡Bueno, pero sin promesa de hacer lo que aconsejes!

GUACAMAYO.—¡Como quieras!

YAÍ.—Hacerlo o no hacerlo queda de mi frente a la caída de mi suerte...

GUACAMAYO.—¡Por las diez piedras de tus manos, acucuác, mi preferida, la preferida de Gran Saliva! En mi pluma de espejo, las liendres son cositas de plata. Te fastidio con tanto hablar, pero no puedo estarme callado, es mi naturaleza como la de la mujer, palabra envuelta en palabras.

Yaí.—¡Me desesperas! ¡Me comes en la cabeza, no por fuera, por dentro, como come la memoria! ¡No puedo olvidar nada de lo que has dicho, porque, como la memoria come, me pica la cabeza por dentro! ¡Los piojos una se los arranca, se los bota, se los rasca, se los masca; pero la memoria... piojerío que negrea hasta el corazón repite que repite —malvado— otra, otra, otra!

Guacamayo.—(*Retira una de sus patas; Yaí trata de pisoteársela.*) ¡Cuác, cuác, cuárac, cuác! ¡Cuác, cuác, cuárac, cuác!

Yaí.—¡Cuárac, cuác te voy a hacer! Y no sólo por esa otra, que no es una sino todas, porque después de mí todas serán otra, sino por el embeleco de que Cuculcán, mi prometido, es apenas una imagen en el espejo de la noche y será una sombra inexistente en el momento del amor. (*Se le oye sollozar.*)

Guacamayo.—(*Después de un fingido y profundo suspiro.*) ¡Saber que aquello que huelas y hueles, para cosértelo en el alma con la aguja de dos ojos y el hilo del aliento grueso como pábilo, no pasa de ser una imagen copiada en un espejote negro!

Yaí.—¡Calla, masticador de alacranes!

Guacamayo.—¡Saber que vas a sacrificarte por lo que no es y estará, creado por tus sentidos, una noche en tus brazos, esta noche y no más que esta noche, acucuác, porque mañana en pintando el alba, la realidad lo arrebatará todo!

Yaí.—¿De qué cuero están hechos los hilos de tu lengua de chayes?

Guacamayo.—¡De cuero de lagarto curtido en los altos cepos de la tempestad y el llanto, de lagartos de lomo de diamantes! Y saber que está en tus manos, Yaí, cambiar el amor fingido...

Yaí.—¡El amor es eterno!

Guacamayo.—¡Es eterno, pero no en el Palacio del Sol, en el Palacio de los Sentidos, donde, como todas las cosas, pasa, cambia...

Yaí.—¡No tienes dientes, pero me has abierto las

orejas con tu pico de pedernal, y no para poner piedras preciosas, sino palabras que ya no son palabras si es ilusorio el amor!...

GUACAMAYO.—¡Ay, mi acucuác, amarás esta noche lo que no es más que un engaño, producto de un juego de espejos, de un juego de palabras, de humores íntimos que se derramarán en realidad en verdad, pero en un plano inferior al de la imagen adorada!

YAÍ.—¡Me tienes en el buche de colores! ¡Me has encerrado en un cántaro agujereado en forma de corazón, la luz entra por estrellas y no se oye el latido, pero se ve titilar distante... hay que juntar la imagen de la persona amada, el latido distante, con su cuerpo!

GUACAMAYO.—Y para eso tienes que escapar a la muerte que te espera en el lecho del Poderoso Cuculcán.

YAÍ.—Tú dirás cómo...

GUACAMAYO.—En tus manos está...

YAÍ.—(*Viéndose las manos.*) ¿En mis manos?...

GUACAMAYO.—En tus manos...

YAÍ.—¿Tendré que estrangularlo? (*Casi hace el ademán con las manos de apretar la garganta de Cuculcán.*) ¿Tendré que luchar con una serpiente negra?

GUACAMAYO.—Vas a luchar contra una imagen...

YAÍ.—¿Y cómo podrán mis manos luchar contra una imagen que está en un espejo?...

GUACAMAYO.—¡Ábrelas! (*Yaí abre las manos.*) Pónlas bajo mi aliento, bajo mi saliva, bajo mi palabra...

YAÍ.—(*Apenas expuestas las palmas de sus manos bajo el pico de Guacamayo, las retira.*) ¡Me has quemado con tu aliento, pájaro de fuego! ¡La misma quemadura que produce el chichicaste! (*Con las manos cerradas, temblando de frío.*) ¡Ay, qué me has hecho... es un ardor horrible... ni... ni (*a punto de soltar el llanto*) so... so... soplán... (*abre las manos para soplárselas*) ...¡Uuy, uyuy, uyuy... (*grita*) ...¡Son dos espejos!... (*Se las sacude: le ha pasado el ardor de la quemada, pero quiere botarse los espejos que le han quedado en las palmas, como guantes.*) ¡Son dos espejos! ¡Me veo en éste y me veo en éste (*cambiándose las manos ante la cara*), y en éste de aquí, y en éste de aquí... y en este otro... y me veo aquí y aquí... y aquí también... (*Corre de un lado a otro, ríe con las mandíbulas casi trabadas, y se sacude, víctima de un ataque nervioso, sin dejar de verse las manos, una y otra, riéndose, riéndose, riéndose...*)

Segunda **cortina**
negra

Cortina negra, color de la noche, magia de color negro de la noche. Al pie de la cortina negra, el lecho de Cuculcán vacío, tendido sobre pieles de pumas y jaguares que parecen dormir amenazantes.

TORTUGA BARBADA.—¡Savia que pulsas en lo hondo la reja de raíces en que vela el amor! ¡Lentitud de ave que pasea en hermoso vuelo! ¡No me déis la sabiduría, sino el hechizo! ¡No las alas, sino lo que resulta de su movimiento!

TORTUGAS.—¡No me déis el amor, sino el hechizo! ¡No la savia, sino lo que resulta de su movimiento!

TORTUGA CON FLECOS.—¡Detrás de sus heridas vela el amor y los dioses velan detrás de la reja de las estrellas! ¡No me déis la sabiduría, sino el hechizo! ¡No la sangre, sino lo que resulta de su movimiento!

TORTUGAS.—¡No me déis el amor sino el hechizo! ¡No la sangre, sino lo que resulta de su movimiento!

TORTUGA BARBADA.—¡Detrás de las rejas de sus pestañas vela el amor! ¡Humo de cola de estrellas! ¡Langosta con saeta que ilumina el cielo! ¡No me déis la sabiduría sino el hechizo! ¡No el sueño, sino lo que resulta de su movimiento!

TORTUGAS.—¡No me déis el amor, sino el hechizo! ¡No el sueño, sino lo que resulta de su movimiento!

Se oye la risa de Yaí, festiva, incontenible, y la voz de Guacamayo que no puede ocultar su enojo. Las tortugas desaparecen, se escabullen antes que aquéllos entren. Yaí aparece vestida de tiniebla detrás de Guacamayo que trae el plumaje destilando agua.

YAÍ.—¡Já, já, já, já!... ¡Já, já, já, já!...

GUACAMAYO.—*(Medio renco y sacudiendo las alas.)* ¡Cuarác, cuác, cuarác cuác cuác, cuarác cuác cuác!

YAÍ.—¡Já, já, já, já!... ¡Já, já, já, já!... ¡Já, já, já, já!

GUACAMAYO.—¡Has hecho mal en echarme agua!

YAÍ.—¡Vi un fogarón de plumas rojas... já, já, já, já... una bola de fuego que me perseguía... já, já, já, já!...

GUACAMAYO.—A veces parece que me quemo, pero nununnunnunca me quemo. Ya hasta tartajo estoy...

YAÍ.—Yo qué sabía. Pasó por mi cabeza la idea de que al apagar el principal incendio apagaba los espejos de mis manos y... *(hace el ademán de cuando le lanzó el agua)*, já, já, já, já...

GUACAMAYO.—Creí recibir en la cara las palmas de tus manos fragmentadas en pequeñas luces...

YAÍ.—¡Já, já, já, já!...

GUACAMAYO.—Pero al oír rasgaduras de chayes en el aire, algo que no podía ser reflejo...

YAÍ.—Era el agua, já, já, já...

GUACAMAYO.—Ya estaba bañado...

YAÍ.—Perdona, pero no vi más que lo que vi: un incendio, llamas, llamas... llamas amarillas, llamas rojas... otras azules y en medio tú, como en la humazón de un respiradero volcánico...

GUACAMAYO.—*(Después de una pausa, con la voz triste.)* Si me da moquillo, ¿quién me sanará?

YAÍ.—¡Já, já, já... yo, desde que te salga el primer gusano de la nariz!

GUACAMAYO.—Acucuác quiere adornar su vestido con

alas de mariposas, Adornar es adorar. Las narices de los Guacamayos con moquillo dan gusanos que pasado un tiempo se convierten en mariposas.

YAÍ.—Y la ceguera relampagueante de las luciérnagas, también nace de los mocos de los Guacamayos.

GUACAMAYO.—También. Pero los espejos de tus manos no son engrudo de luciérnaga, sino aliento de fuego y servirán para salvar tu ilusión, tu mundo, tu pradera, tu sudor de planta nerviosa.

Yaí se contempla las manos largamente. El Guacamayo sigue destilando agua. Por detrás asoman las tortugas.

TORTUGA BARBADA.—¡Espinas y temores acompañan a los que se dejan arrancar de su destino! ¡Embarrados de tuétano de huesos, dormilones, dispersos, sus oídos se mojan de llanto al oír el chí, chi, chí de esos pequeños borrachos de inmensidad negra, llamados pájaros del guiso de los ojos que se pasó de sal!

YAÍ.—¿Dónde, pero dónde pondré mis manos que me arden como quemadas de chichicaste? ¡Me veo en ésta y me veo en ésta, aquí me veo, y aquí, y aquí en esta otra, y aquí también me veo! Y sólo cuando me veo en ellas siento alivio.

TORTUGA CON FLECOS.—¡Agüeros y piedras tiradas con honda acompañan a los que se dejan arrancar de su destino! ¡Yo, padre, yo, madre, dejé que me arrancaran a mi hijo! ¡Dejé que me arrancaran de mi tierra! ¡El cocodrilo, vegetal del agua, se agarró del lodo para que no lo despegaran de su casa de esmeraldas! ¡Y no cerró los ojos para recibir el golpe de la sombra!

YAÍ.—¡Haré tortillas de maíz negro con mis manos de espejo que son llanto de mi llanto, para alimentar a los que como yo se prestan al juego del engaño en los espejos!

TORTUGAS.—¡Yo, padre, yo, madre, dejé que me arrancaran a mi hijo! ¡Dejé que me arrancaran de mi tierra! ¡De mi sangre fui separado! ¡De mi raíz fui separado porque presté oídos al engaño! ¡Me emborraché para contar los pies del cientopié de oro y acabé sin poder contar mis lágrimas!

TORTUGA BARBADA.—¡Mi oído se riega como el calor

en la arena, el gozo de la espuma con orejas de caracoles espumantes, y donde lo pongo está su seno de negra punta cortada, y donde está su seno está tu pecho moreno naranja y donde está tu pecho está tu corazón, y donde está tu corazón, la casa de mi hijo! ¡Y así te habló mi hijo: yo soy tu gorgojo, por mí se doblará tu cintura de árbol y tus senos colgarán como frutos de leche, por mí reirás dormida, llorarás despierta, se te irán los pensamientos a las nubes, y tu vida será liviana, rodadita necesidad de estar conmigo siempre será tu vida!

GUACAMAYO.—Desesperas con ese juego de manos, pónlas bajo la neblina caliente de tu aliento.

YAÍ.—Sólo se me alivian cuando me veo en ellas...

GUACAMAYO.—Son como tu ausencia...

YAÍ.—¡Es la única verdad que has dicho, loro despenicado!

GUACAMAYO.—¡No me digas loro!

YAÍ.—¡Te he querido comparar al pino que se riega en las fiestas, verde y despenicado!

GUACAMAYO.—¡Fiesta estamos volviendo el tiempo y una noche no dura más que una noche!

YAÍ.—Mis manos son como mi ausencia. Por ellas me voy de mí, escapo de mí, de lo que soy, de lo que pienso, de lo que siento, de lo que hago, para multiplicarme en vanas otras yo misma, que son igual a mí y que no son sino una imagen de mí misma que no soy yo... ¡Muchas otras! ¡Tantas otras! (*viéndose en los espejos de sus manos.*) ¡Esta de cara sonriente! ¡Esta de cara muy seria! ¡Esta que va a romper a llorar! ¡Esta que parece pensativa y ésta que asoma indiferente como si nada le importara!

GUACAMAYO.—¡Haz caso porque te vas a volver loca! ¡Pon esos espejos que te servirán de mucho bajo la neblina de amanecer que hay en tus pulmones!

RALABAL.—(*Invisible.*) ¡Yo, Ralabal, manejador de vientos, me boto hacia la costa sin mover las nubes que amanecen amontonadas sobre los lagos! Yo, Ralabal, yo, yooo... yoooo... la tierra se volvería loca si no pudiera cubrir los espejos de sus manos con los pulmones de su aliento!

YAÍ.—¿Qué soy sino la mueca de la que ríe, de la que llora, de la que piensa? ¡Ya no seré más que mis muecas! ¡Muecas en el espejo de mis manos! ¡Muecas de una mujer que fue dichosa antes de aprender las muecas de engañarse y engañar! ¡Tu hilera de colores perforó mis orejas para engusanarme por dentro igual que el moco de donde salen mariposas!

GUACAMAYO.—¡Una noche no dura más que una noche, debes cubrir los espejos de tus manos con la piel de tu aliento y saber, antes que pase más tiempo, lo que tienes que hacer para salvarte; pero si no oyes explicación, si estás en esa locura...

YAÍ.—¡Háblame en jerigonza de ausencia, ya sólo soy un espejismo!

HUVARAVIX.—(Invisible.) ¡Yo, Huvaravix, Maestro de los Cantos de Vigilia, aligero mi paso para no mover las nubes de pón que amanecen amontonadas sobre las lágrimas en la casa de la piedra! ¡Las tribus se volverían locas si no pudieran cubrir los espejos de su llanto en lagos con el humo del brasero de pón!

YAÍ.—¡Háblame en jerigonza de Saliva, el llanto de las tribus espejea en mis manos!

GUACAMAYO.—¡Tierra de espejos, sopla tus lagos para empañarlos de neblina!

YAÍ.—Soplo así como lamiéndolas... (Al instante de soplar sus manos quedan como paralizadas.) ...¡Ha sido mi aliento!... Oh, prodigio... el prodigio de mi aliento... se me han borrado los malditos espejos... una nube convertida en tela de cebolla...

GUACAMAYO.—¡La finísima piel del engaño ha salido de tu boca de mujer!

YAÍ.—Después de todo, eres bueno...

GUACAMAYO.—Y ahora que ocultas bajo tu aliento de mujer, mi saliva y mi palabra...

YAÍ.—Ya puedes irte...

GUACAMAYO.—No, Flor Amarilla, sin decirte antes lo que tienes que hacer para salvar al mundo de esta fícticia cadena de días y noches que a nada conduce...

YAÍ.—¿Tú crees?

GUACAMAYO.—¡A nada conducen los días y las no-

ches, los días y las noches, los días y las noches! Tropelía
de dioses indigestos de sangre hedionda de pájaro, dioses
sin habla que se cortan las uñas para botar a los brujos
medias lunas con filo, instrumentos de arañar, de tatuar,
para envolver a los hombres en raíces inarrancables, viejas heridas cicatrizadas...

YAÍ.—Y ahora recuerdo que lo oí pasar por mi sueño.
Decía: «... yo te conocí, cuando no eras mujer, en el
Lugar de la Abundancia, cuando eras agua y contigo
mitigué mi sed, cuando eras sombra de pinal y yo el
dormido, cuando eras barro de comal para cocer tortillas titilantes...»

GUACAMAYO.—(Estornuda.) ¡Moquillo de tiniebla!

YAÍ.—Y ahora recuerdo que lo oí pasar por mi sueño.
«... Mi madre era ciega, decía, pero ella te veía pasar
por mi júbilo y yo te veía pasar por los ojos de ella que
no te veía...»

GUACAMAYO.—Recuerdas al Guerrero Amarillo...

YAÍ.—A Cuculcán, seré su esposa hasta la aurora...

GUACAMAYO.—No. (Estornuda otra vez.) Se interpo-
ne el Guerrero Amarillo, el que te ama más allá de esta
cadena de días y de noches que a nada conducen, el que
te adora sin saber cómo eres, porque te conoció cuando
eras flor en el Lugar de la Abundancia.

YAÍ.—Las mujeres somos de día flores y de noche
mujeres, por eso el Guerrero Amarillo me debe haber
visto como una flor amarilla.

GUACAMAYO.—Y todo lo que está pasando...

YAÍ.—¡Hasta tu moquillo!

GUACAMAYO.—¡Mi moquillo, todo es bastimento del
destino, para que esta noche escapes a Cuculcán y sigas
al Guerrero Amarillo que te lleva en el corazón! El te
vio pasar cuando su madre que era ciega te vio pasar
por su júbilo. ¿Por quién sino por ti se llama él mismo
el Guerrero Amarillo?

YAÍ.—¿Es fuerte?

GUACAMAYO.—Una vez puso su espalda en el río para
que cien mujeres en cien días distintos lavaran su ropa,
y no tembló un solo día, salvo el día en que llegaste tú
a lavar tu huipil de flores de trueno.

Yaí.—Habría jurado, y ahora me explico, que ese día sentí que las piernas se me iban en el río alargando en carne de burbujas, y que de la cintura para abajo me habían acariciado dos manos grandes de piedra, agua, aire y hierbas de quemado perfume.

Guacamayo.—¡El Guerrero Amarillo te lleva en el corazón!

Yaí.—Tuve que dejar el trapo que lavaba, no recuerdo bien si era el huipil de flores de trueno, y sentarme a la orilla del río temblando de una angustia placentera que nunca sentí antes en los senos duros, en las piernas flojas, en los cabellos sudorosos, en los labios... ¿Quién sabe cuál es el verdadero amor?...

Guacamayo.—¡Acucuác, el tiempo acorta!

Yaí.—¿El Guerrero Amarillo me lleva en el corazón?

Guacamayo.—Sí, Flor Amarilla, el Guerrero Amarillo te lleva en el corazón.

Yaí.—Ahora dime lo que tengo que hacer. ¿Cómo dices que se llama?

Guacamayo.—Chinchibirín...

Yaí.—Bajo la piel de mi aliento, se disimula en las palmas de mis manos, el espejo de tu voz.

Guacamayo.—Y así debes mantener mis espejos, bajo la piel caliente y perfumada de tu aliento de mujer...

Yaí.—La piel del engaño, acucuác...

Guacamayo.—Eres mujer, palabra envuelta en palabras, engaño envuelto en engaño y como mujer quieres salvar tu ilusión.

Yaí.—Piensa tú por mí que yo ya no pienso más que en lo que debo hacer con el Poderoso del Cielo y de la Tierra, cuyo amor sólo dura una noche, el que se hará el dormido cuando vengan a arrancarme de su lecho, para ser arrojada al Baúl de los Gigantes.

Guacamayo.—Conseguí comunicarte mi odio para ese Gran Señor, tirano y egoísta, dueño del Palacio de los Tres Colores, en el que pasamos de la mañana a la tarde, de la tarde a la noche, de la noche a la mañana, por pasar el tiempo.

Yaí.—¡Dime ya lo que debo hacer! El Guerrero Amarillo me lleva en el corazón.

Guacamayo.—Al venir Cuculcán, que ya no tarda, a oler a Flor Amarilla graciosamente inclinada para que la huela bien, el olor de la mujer emborracha al hombre, tomarla por el tallo para llevarla al lecho nupcial y decirle palabra de amor, Flor Amarilla frotará sus manos acariciantes en los cabellos del Poderoso Cuculcán, hasta que le brille la cabeza como un espejo.

Se oye lejana melodía de flautas de caña y ocarinas. Yaí y el Guacamayo empiezan a retirarse. La música se acerca, cortada por gritos de fiesta.

Yaí.—Debo embadurnarle tu saliva de espejo en los cabellos...

Guacamayo.—(*Ya saliendo.*) Y al mismo tiempo irle diciendo estas palabras de encantamiento...

Salen Yaí y el Guacamayo. Cuculcán aparece desvistiéndose. Deja caer la máscara, el carcaj, las calzas y los atavíos rojos. Se repiten las escenas rituales de la primera cortina negra: mujeres que le visten y atavían y las ancianas que le ofrecen bebidas, hacen las quemas del pón, y las que traen danzando los barandales floridos. Después de estas ceremonias, al quedar solo Cuculcán, entra Yaí y se arrodilla.

Yaí.—¡Señor, mi Señor, mi Gran Señor! (*Cuculcán se acerca, la levanta, la aproxima a su pecho, y la huele.*) ...¡Siento la aguja de dos ojos en mi pelo, parece buscar con su tripa quisquillosa mis pensamientos!

Cuculcán.—¡Hueles a los encajes que el agua de la dicha riega en las orillas de mis dientes! ¡De la punta de mis pies a mi cabeza tengo una escalera de latidos para que subas conmigo a las ramas en que se reparten los frutos, las flores, las semillas, las cinco semillas de los cinco sentidos!

Yaí.—¡Tu palabra y tus dientes de pedernal son de anciano! ¡Ay de la mujer que al que quiere no lo encuentra mil años anterior a ella, como un roble hermoso! ¡No nacían mis antepasados y ya tú dabas sombra! ¡Debes quererme como el agua quedamente, profundamente, claramente, en doble concepto de sentirme fuera y dentro de ti!

Cuculcán.—¡Eres mía en persona y en imagen!

YAÍ.—(*Al tomarla de la cintura y llevarla hacia el lecho*.) ¡Señor que pasas de la mañana a la tarde, de la tarde a la noche, de la noche a la mañana!

CUCULCÁN.—¡Eres mía en persona y en imagen y yo soy tuyo en imagen y en persona!

YAÍ.—La imagen de mi Señor con mi persona, eso me entristece, el verdadero amor no es así (*se sientan al borde del lecho*), y de sólo pensar que estoy con la imagen de mi Señor y no con su persona, sudo espinas.

CUCULCÁN.—Pero Sudor de Espinas Amarillas, no sabe que su luz me llega de tan suave lejos, que me recuerda el comal del cielo que se quebró en pedazos.

YAÍ.—Mi Señor está contento entonces de mi suave lejos de punta de espina, y cuando vuelva la Luna...

CUCULCÁN.—Sus pedazos cayeron en el corazón orgulloso de un Guerrero.

YAÍ.—¿Aparecerá redonda, con su misma forma?

CUCULCÁN.—Hasta donde el Guerrero sea hábil redondeador de escudos. Tendrá que esforzarse por hacer casar los pedazos de la Luna uno con otro, para que le quede lo más redonda posible. Es una fábula...

YAÍ.—¿No es cierto entonces que el Guerrero Amarillo...

CUCULCÁN.—¡Yaí, corazón visible de tan bueno!

YAÍ.—¿No es cierto entonces que el Guerrero Amarillo tiene la Luna en su corazón?

CUCULCÁN.—Es una fábula...

YAÍ.—(*Vivamente.*) ¡Como todo lo que existe en el Palacio Redondo de los Tres Colores! ¡En el Palacio del Sol, todo es mentira, fábula, nada es verdad, nada, sólo el Señorón que nos lleva de la mañana a la tarde, de la tarde a la noche, de la noche a la mañana... (*Cuculcán bota la cabeza en el regazo de Yaí como agobiado por lo que dice, y ella empieza a acariciarle los cabellos leonados.*) ¿A qué conduce, dime Señor del Cielo y de la Tierra, esta sucesión de días y de noches, de días y de noches, de días y de noches? A nada conduce. A dar una sensación de movimiento que no existe, porque el que se mueve eres tú; de vida que no es real sino ficticia y aún así, patrimonio que no nos pertenece, porque so-

mos de los que nos están soñando, sueños corporales,
¡eso somos!... (*El cabello de Cuculcán, acariciado por
las manos de Yaí, empieza a brillar con luz de luciérnaga.*) Mi suave lejos de punta de espina, quiere saber
quién me está soñando...

Cuculcán.—¡Amor que hablas en mis brazos, yo te
estoy soñando a ti!

Yaí.—¡Quien sea que me esté soñando que despierte,
yo me quiero borrar en seguida de la existencia, del engaño de los sentidos!

Cuculcán.—¡Amor que hablas en mis brazos, si yo
no te estoy soñando, que no despierte el que te está
soñando, que dure su sueño mientras estés conmigo!

Yaí.—¡Ah, Señor, el que me tiene viva en él y viva
en mí, porque me sueña, despertará antes de la albada!

Cuculcán.—¡Yo soy el que te tengo viva en mis
brazos y viva en mi sueño!

Yaí.—Pues despertarás de tu sueño de amor, en el
que soy tu creatura, creada por ti, tu creatura de sueño, antes de la aurora y entonces un velo de sombra
cubrirá el recuerdo de tu Sudor de Espinas Amarillas.

Cuculcán.—No agarro bien el sabor de lo que me
dices; pero sabe a reproche de piedras preciosas que se
han vuelto mieles de colores, y estoy pegado a tu costado como un mosco a una pálida dulzura de esmeralda y malva, y tus espaldas me dan Oriente de perlas de azúcar, y tus muslos me hacen subir por los rubíes de los guerreros a la alcoba de las constelaciones,
bajo los verdes campos de jadeítas de tus manos, que
tienen en sus cuencos de nido, la forma de tus senos casi
azules...

Yaí.—¡Me quiero borrar de la existencia, antes de
la aurora, y si estás soñando que me amas, despierta,
no quiero ser un engaño entre tus brazos! (*Pausa.*) ¿Por
qué alimentas la muerte?... ¿Por qué no repartes tus sentidos?...

Cuculcán.—(*Se pone en pie, los cabellos relumbrantes y los dientes relumbrantes de risa verdosa.*) ¡Soy como el Sol!... ¡Soy como el Sol!... ¡Soy como el Sol!...

Yaí.—(*Sorprendida de ver a Cuculcán con los cabe-*

*llos alumbrados y de verse ella las manos limpias, sin
espejos, se levanta y dice con cierta agitación.*) Sí, pero
para Flor Amarilla, Cuculcán es más que el Sol, es Girasol...

CUCULCÁN.—(*Al oír al palabra Girasol, empieza a dar
vueltas como un derviche turnante*):
    ¡Otra vez girasol de sol a sol!
    ¿Quién fue primero, el sol o el girasol?
YAÍ.—(*Girando al revés.*)
    ¡Cuculcán en el día y en la noche
    girapicina azul de ápices de oro!
CUCULCÁN.—(*Girando.*)
    ¡Girasol, sol de gira, girasol,
    ilusión de un sol y de otro sol!
YAÍ.—(*Girando al revés.*)
    ¡Estrellita de mar nacida flor,
    alfiletero de la puercoespín!
CUCULCÁN.—(*Girando.*) ¡Las luciérnagas juegan a co-
lores, girándula es entonces girasol!
YAÍ.—(*Girando al revés.*) ¡Siete voces en pauta de
arcoiris, girándula es entonces Cuculcán!
CUCULCÁN.—(*Girando.*)
    ¡Y otra vez girasol de sol a sol,
    sol, girasol y gira, girasol!
YAÍ.—(*Antes que Cuculcán deje de girar.*) Y para Cu-
culcán, Flor Amarilla, ¿es flor o picaflor?
CUCULCÁN.—(*Girando.*)
    ¡Otra vez picaflor de flor en flor!
    Recuerdo de la flor ¿qué fue la flor?
YAÍ.—(*Girando al revés.*)
    ¡Calcomanía que era sin ser flor,
    jardín de aerolitos en semilla!
CUCULCÁN.—(*Girando.*)
    ¡Picaflor, flor de pica, picaflor,
    ilusión de una flor y de otra flor,
    molinito de luz que muele miel
    y en volando hacia atrás, pájaro-flor!
YAÍ.—(*Girando al revés.*)
    ¡Estalactitas del sonido amor

en las antenas de las mariposas
que se nutren de estambres y pistilos
para captar la voz del picaflor!

CUCULCÁN.—(*Girando.*)

¡Y otra vez picaflor de flor en flor,
flor, picaflor y pica, picaflor!

YAÍ.—(*Enredándose en los brazos de Cuculcán que
deja de dar vueltas.*) ¿No crees tú que siempre quiere
decir hasta la aurora, Cuculcán? ¡Reparte tus sentidos, de
tus cabellos caen las lluvias, reparte tus cinco palpitacio-
nes entre los puntos cardinales, tuyos son los lagos,
tuyas son mis manos, los lagos sin neblina, mis manos
sin aliento de engañar!

CUCULCÁN.—¡Toda sangre gime como tórtola! ¡Mis
ojos al Norte, al Norte el sentido de mi vista, para
que entre las pestañas de los pinos vea el agua dormida, vea el agua y despierta!

YAÍ.—¡Sol, girasol y gira, girasol!

CUCULCÁN.—¡Mi sangre es el ave que me sostiene
azul! ¡Mis orejas al Sur, al Sur el sentido de mi oído,
para que entre los peñascos de los huesos de la tierra, cara aporreada, haya quien recoja los ecos de la
tormenta primaveral!

YAÍ.—¡Ilusión de un sol y de otro sol!

CUCULCÁN.—¡Mis narices al Oriente, al Oriente el sentido de mi olfato, para que entre los cabellos de la lluvia
vaya mi aguja con dos ojos enhebrada a un solo aliento!

YAÍ.—¿Quién fue primero, el Sol o el girasol?

CUCULCÁN.—Mi lengua al Poniente, al Poniente mi
sentido del gusto, labios, dientes, saliva, palabra, pala-
dar, fruto y canto, inseparable todo del cielo de mi
boca!

YAÍ.—¿Y el tacto?

CUCULCÁN.—¡Mi tacto a la Primavera! ¡A la Primavera mi sentido de sentir las cosas! ¡Granada de rubíes
en cáscara de oro, soy, y mi tacto verde, es la esmeralda de la Primavera! ¡Oro y cielo, eso es la Primavera!

Un trueno, al tiempo de hacerse noche profunda,

ahoga todos los sonidos. La luz vuelve paulatinamente, después de la tempestad. Han desaparecido Yaí y Cuculcán. Blanco Aporreador, rodeado de los Chupamieles y las Tortugas, toca sus tambores. Baja la nube en que se había ido la Abuela de los Remiendos. Todos corren a desanudarla. Tortuga Barbada la saca y la tiene en brazos. Todos se muestran jubilosos de volver a verla.

BLANCO APORREADOR DE TAMBORES.—¡Tuya la sabiduría, Abuela de los Remiendos! ¡Tus uñas de pedernal anciano cicatrizaron la locura de Cuculcán, cuando sólo le andaba en el pelo! ¡Sólo en el pelo le andaba la locura, el fuego de la quema, y ya las nubes vagaban como locas!

Blanco Aporreador de Tambores toca sus tambores, rodeado de los chupamieles que bailan y giran diciendo los versos del girasol y el picaflor, combinados al capricho.

BLANCO APORREADOR DE TAMBORES.—¡Tuya la sabiduría, Abuela de los Remiendos! ¡De la noche a la mañana habría acabado el mundo, sin tu aguja de imán verde cuyo ojo es el espacio! El hilo de tu costura es el hilo de tu cabello, pero corta como el más afilado pedernal cuando con él te armas en defensa de las cosas buenas, Abuelita de las Abuelas.

De nuevo suena el tambor y bailan los chupamieles, bailan o giran, repitiendo los versos al capricho.

BLANCO APORREADOR DE TAMBORES.—¡Tuya la sabiduría, Abuela de los Remiendos! Y el mundo por tu aguja seguirá en la realidad y en los espejos, en los hombres, en las mujeres y en los guacamayos. Cada uno en su mundo, afuera, y todos reunidos en el espejo sonámbulo del sueño. Pero la mujer no volverá a amar como el hombre. La mujer amaba como el hombre antes de oír al Guacamayo. Ceniza de pelo de Cuculcán cayó en su corazón. Amará con locura. Sin saber cómo amará. Un amor que no alcanzará a recibir una sola puntada de tu aguja, nacido de su instinto, crecido de su instinto, envenenado de su instinto. Y con sus manos

enloquecerá a los hombres, como habría enloquecido a
Cuculcán, si no lo salva tu sabiduría.

Tortuga barbada.—¡Abuela de los Remiendos *(la
tiene en brazos),* no hagas caso a Blanco Aporreador de
Tambores que es enemigo de las mujeres; Yaí encendió
una rosa en los cabellos del Sol, eso fue todo!

*Blanco Aporreador toca sus tambores alegremente.
Los chupamieles bailan y giran y dicen los versos de
picaflor y girasol.*

Cortina amarilla, color de la mañana, magia del color amarillo de la mañana. Entra Chinchibirín. Viste de amarillo, máscara amarilla y arco y flecha amarillos. Un salto, otro salto, otro salto.

CHINCHIBIRÍN.—*(Grita).* ¡Yaí! ¡Yaí! ¡Yaí!

GUACAMAYO *(oculto).*—¡Cuác, cuác, cuác, cuác! ¡Ja, ja, ja, ja! ¡Cuác, cuác, cuác, cuác! ¡Ja, ja, ja, ja!

CHINCHIBIRÍN *(grita, busca.).*—¡Yaí, Flor Amarilla! ¡Yaí! ¡Yaí! ¡Yaí! ¡Flor Amarilla! ¡Flor Amarilla! ¡Yaí! ¡Yaí!

GUACAMAYO *(oculto).*—¡Cuác, cuác, cuác, cuác! ¡Ja, ja, ja, ja! ¡Cuác, cuác, cuác, cuác! ¡Ja, ja, ja, ja!

Cortina roja, color de la tarde, magia del color rojo de la tarde. Entra Chinchibirín. Vsite de amarillo, máscara amarilla y arco y flecha amarillos. Da saltos. Es ligero como una llama. Casi no toca el suelo.

CHINCHIBIRÍN (*Grita*).—¡Yaí! ¡Yaí! ¡Yaí!

GUACAMAYO (*oculto*).—¡Cuác, cuác, cuác, cuác! ¡Ja, ja, ja, ja! ¡Cuác, cuác, cuác, cuác! ¡Ja, ja, ja, ja!

CHINCHIBIRÍN (*Grita, busca*).—¡Yaí, Flor Amarilla! ¡Yaí! ¡Yaí! ¡Yaí! ¡Flor Amarilla! ¡Flor Amarilla! ¡Yaí! ¡Yaí!

GUACAMAYO (*oculto*).—¿Cuác, cuác, cuác, cuác! ¡Ja, ja, ja, ja! ¡Cuác, cuác, cuác, cuác! ¡Ja, ja, ja, ja!

*Cortina negra, color de la noche, magia del color
negro de la noche. Entra Chinchibirín. Viste de amarillo, sin máscara, sin arco, sin flecha. No salta. Camina
como enterrando los pies en suelo. Pesa al andar. Se
da cuenta y le cuesta arrancar los pies.*

CHINCHIBIRÍN *(Derrotado, fuerte la voz, pero lloro-
sa).—*¡Yaí! ¡Yaí! ¡Yaí! ¡Flor Amarilla! ¡Yaí! ¡Flor Amarilla! *(Nadie responde. Después de un momento de espera.)* ¡Yaí, Flor Amarilla! ¡Yaí, Flor Amarilla, Yaí! ¡Yaí!
¡Yaí! *(Su grito no tiene eco ni respuesta.)* ¡Yaí! ¡Yaí!
¡Yaí! *(Como el que oye que le han contestado, vuelve
a ver a su pecho, se lleva las manos, se palpa, se busca,
trata de abrirse las ropas que se rasga en la prisa de
hacerlo pronto, y de su pecho saca la Luna. Un círculo
dorado que prende en la cortina negra. Cae. No se
mueve más.)*

A

Apóstol Santiago.—A cuya advocación se puso la primera ciudad
de Guatemala, por haber sido fundada el 25 de julio (día del
apóstol Santiago) de 1524.

Arbol de la vida.—Sobre la tierra cúbica creían los mayas sembrado el árbol de los cuatro puntos cardinales, de los cuatro
ángulos del Mundo, el vahon-che o Arbol de la Vida. En algunas pinturas figurativas se ve el cuchillo de los sacrificios con
la forma de este árbol, sobre las víctimas humanas.

Aguila cautiva.—Símbolo que figuraba en el escudo de los señores Cakchiqueles cuando salían a la guerra, según el historiador
Herrera. Aguila cautiva, es para algunos la verdadera etimología
de la palabra Guatemala, que viene de Quactemallan, que fue
como los tlascaltecas que acompañaban a don Pedro de Alvarado, llamaron a lo que es Guatemala, por haber visto que
los guereros que les salían al paso llevaban en sus escudos un
águila cautiva.

Atitlán.—Fortaleza de los zutuhiles (Bernal Díaz del Castillo).
Actualmente una de las poblaciones más importantes que rodean

137

el lago del mismo nombre. Algunos dan como etimología de Atitlán: Atit, abuela, y Lan, agua (Abuela del Agua).

Antigua.—Después de la catástrofe de Almolonga, fundaron los españoles la segunda ciudad capital del reino de Guatemala, Antigua Guatemala, el 16 de marzo de 1542, la que a su vez fue destruida por los terremotos del 29 de julio de 1773. Su trazo se hizo con la cooperación del profesor de Leyes y «teniente para ahorcar», don Francisco de la Cueva.

Arbol que anda.—En el Popol-Vuh (biblia quiché) se habla de árboles que crecen («y crecen de tal modo que no se puede descender de ellos, algunos hasta transportan así al cielo a quienes llegaron a su cima»). El maestro Almendro es un «árbol que anda», y la recta interpretación de esta manera de hablar puede ser de movimiento hacia el cielo, hacia las nubes. Un árbol anda creciendo y engrosando.

Año de cuatrocientos días.—Año de veinte meses de veinte días. (Un año de que hablan Los Anales de los Xahil.)

Ataviaban.—Ataviarse, adornarse; lo dicen siempre los guerreros en el sentido de armarse.

Ayotes.—Calabazas

Atit.—Abuela.

B

Burrión.—Colibrí, pica-flor.

Budas.—(Véase enfermedad del sol.)

Bajo los grandes pinos.—Expresión frecuente en los Anales de los Xahil.

C

Copán.—Ciudad maya, conocida y célebre actualmente por las ruinas que en ella se encuentran.

Cronicón de linajes.—Recordación florida, del capitán don Francisco Antonio de Fuentes y Guzmán, escrita en el siglo XVII:

«Discurso historial, natural, material, militar y político del Reyno de Goathemala. Año 1690.»

Cuco.—Cuco y coco no tienen el mismo significado en español; sin embargo, en Guatemala, popularmente, se emplea cuco en lugar de coco, y es en este sentido que el autor lo emplea.

Casas pintaditas en medio de la Rosca de San Blas.—Guatemala, la capital, está encerrada en un círculo de montañas, que aquí se compara a una gran rosca de pan que en la procesión de la Virgen de Candelaria lleva en el brazo una pequeña imagen de San Blas que sacan en andas.

¡Ciudades sonoras como mares abiertos!—«En tiempos en que la mayor parte de Europa era todavía bárbara o salvaje, la región próxima al Usumacinta y sus afluentes (Guatemala) estaba cubierta de ciudades cuyas ruinas nos dejan de más en más estupefactos. En efecto, las más antiguas inscripciones esculpidas en piedra, descubiertas y leídas hasta el día, datan del año 68 de nuestra era (Uaxatun) y 176 (Tikal, muy probablemente Quiriguá y, sobre todo, esa maravilla: Copán), y no debe olvidarse que fueron precedidas por otras inscripciones esculpidas o grabadas en madera (aniquiladas) o pintadas sobre piedra (borradas), y que las inscripciones citadas denotan una evolución ya completa de la escritura del calendario y de las artes; los siglos siguientes no perfeccionaron sino el desarrollo estético y la técnica puramente material. Se puede, pues, considerar a los primeros establecimientos de los mayas en esa región como anteriores, en varios siglos, a la era cristiana.» «Durante cinco siglos, poco más o menos, aquellos mayas edificaron una multitud de monumentos que ornaron de relieves, de estatuas, etc., y de estelas, estás últimas colosales a veces (algunos de esos monolitos pesan más de tres toneladas). Todos demuestran una verdadera ciencia del arquitecto y del ingeniero, una adaptación perfecta de las necesidades de la defensa, una gran habilidad técnica, un gusto muy preciso y, a veces, muy puro del escultor y del grabador, una escritura llegada (desde las primeras inscripciones) a un nivel gráfico apenas inferior al de Egipto. Su cómputo del tiempo, a la vez simple y complejo, iguala al del calendario juliano (conocido entonces por los europeos desde hacía poco y, por tanto, en realidad, posterior al suyo); su sistema de datación es de los más precisos e incluso superabundante. Las inscripciones prueban por sí solas un verdadero amor al arte por el arte. (Citemos los números y otros objetos, representados a veces por cabezas divinas y aún por cuerpos enteros muy ornados, siendo así que el signo propiamente dicho se reduce a un detalle mínimo. ¡Y los gigantescos e inútiles techos-frontones calados!). La astronomía estaba muy avanzada para la época, puesto que sabían calcular tan bien como sus contemporáneos de Europa las revoluciones del Sol, de la Luna y de

Venus, las fases de estos dos últimos astros y los eclipses de los primeros. Algunos americanistas están convencidos que los mayas calculaban las revoluciones de Mercurio y de otros planetas, pero sus pruebas son inaceptables (la cosa es posible, sin embargo: incluso probable). Diversas constelaciones (Pléyades, Osas, etc.), estaban clasificadas y tenían nombres. La enumeración escrita, vigesimal, igualaba muy de cerca a la nuestra, y habían realizado antes que nosotros ese gran progreso, el cero. La organización social estaba basada en la igualdad, el equilibrio y la autonomía de los clanes. (Como en Méjico y en otros muchos países, los clanes de la América Central se habían constituído artificialmente por subdivisiones sucesivas.) Los clanes se repartían hereditariamente en cierto modo, las funciones altas y medianas y las dignidades de la tribu. Conociendo apenas la esclavitud individual, aquellos mayas no habrían podido ser tan magníficos y perpetuos edificadores si no hubieran apelado al vasallaje de los pueblos vencidos, a los que dejaban administrarse libremente, pero que explotaban como tributarios a tal punto que frecuentes y terribles estallaban las revueltas.» (G. Raynaud: «Los Dioses, los Héroes y los Hombres de Guatemala antigua». Introducción, páginas 12, 13 y 14.)

Cibola.—Ciudades de El Dorado del Norte, «donde el Conquistador vio los campos tan llenos de vacas y toros, disformes de los nuestros de Castilla» (Bernal Díaz).
«Fray Marcos de Niza hizo al virrey Mendoza fantásticos relatos respecto a la portentosa riqueza de las siete ciudades de Cibola.»

Caciques indios dormidos en el viaje.—(Sinacam y Sequechul). Escriben algunos cronistas que don Pedro de Alvarado los llevó consigo a la expedición de las islas de la Especiería, «agregando, sí, la especie harto significativa de que no se volvió a saber de ellos» (José Milla). La verdad es que estos reyes, tras largos y penosos años de cautiverio, fueron ahorcados en la Plaza Mayor.

Conde de la Gomera.—Don Antonio Pérez Ayala Castilla y Rojas, capitán general del reino de Guatemala, de 1611 a 1626.

Cuero de oro.—Este personaje hace el relato de su consagración de «Príncipe», aunque más propiamente sería decir de «jefe», de «eminente», con el objeto de ganar la simpatía y la confianza de los güegüechos. Ante ellos, que deben ser unos grandes brujos, cuenta su salida del pueblo, de la ciudad, de lo actual, y su peregrinación por la selva de sus antepasados, donde la vida comenzó y por la selva de sus sentidos en la noche, que es lo increado, la sombra, lo que no existe, lo que no es, lo que no se ve, «lo que no ha sido manifestado». Su relación culmina en dos momentos: cuando, convertidos en serpientes,

lo cubren los cuatro caminos mágicos —tierras de cuatro
colores, se empleaban en la consagración de los jefes—, y
cuando equiparándose a Kukulcan (uno de los poderosos del
cielo, Quetzalcohuatl para los mejicanos) cuenta: Las verdes
me cubrieron los pies con sus plumas de kukul, es decir, con
sus plumas de quetzal. Culebras, que ya eran «serpientes em-
plumadas», le convierten en «Emplumada-Serpiente». A partir
de este momento, que podría interpretarse como el acto
carnal, Cuero de Oro, la nueva encarnación de Quetzalcohuatl,
siéntese atado y con raíces. Internóse en la selva cuando aún
era infantil; en ella pasó su juventud —bailes, locuras, torren-
te—, y como al fin y al cabo regresar es envejecer, ya de
vuelta, en tanto se apaga el crepúsculo, siente el ansia de saber
de su tierra y reclama a los güegüechos, que le cuenten leyendas de Guatemala. El castillo pirotécnico de palabras azules,
rojas, verdes, negras, blancas, amarillas, que acaba de quemar
ante los «eternos» güegüechos, le ha valido lo que él buscaba:
la confianza y la simpatía de ellos. Así lo deja entender Don
Chepe cuando exclama: ¡Los ciegos ven el camino con los ojos
de los perros!, que, con otras palabras, quiere decir: Este nos
ha descubierto, éste que es ciego, ciego para la magia, ha
encontrado el camino con los ojos infantiles y un poco de
perro que tiene. Y la niña Tina accede al relato, que Cuero
de Oro les pide, con estas palabras: «Las alas son cadenas
que nos atan al cielo», significando que, aun volando para
escapar de Cuero de Oro, estarían siempre atados por el relato
mágico con que acababa de deleitarles, con ataduras imposibles
de romper. (El valor de la Palabra.)

Camino Negro.—Antes de llegar a Xibalbá, lugar de la desaparición, del desvanecimiento, de la muerte, se cruzaban cuatro
caminos, a saber: el camino rojo, el camino verde, el camino
blanco y el camino negro, que, efectivamente, de los cuatro,
era el Xibalbá el que halagaba el orgullo de los viajeros para
atraérselos, diciéndoles que era el camino del rey, que era el
camino del jefe.

Culebras de cuatro colores.—A los afeites para los jefes se les da
forma de serpientes, en el relato para la consagración de
Cuero de Oro.

Cabrakan.—Gigante de la tierra, que jugaba con las grandes
montañas y provocaba los seísmos, dios de los Terremotos en
la mitología quiché.

Cebollín.—Hierba parecida a la lechuga, aunque cardosa y llena
de espinas, que exprimida se utilizaba el jugo para amasar un
barro durable. (Recordación Florida.)

Cacao.—Un cacao de inferior calidad llamado Pek servía de

moneda. El otro, el grande, el de mejor calidad, era una de las bases de la alimentación con el frijol y el maíz.

Colibrí.—Símbolo de valentía.

Castilán.—Lòs hombres de Castilán, dicen, al hablar de los Conquistadores, los Anales de los Xahil.

Cenzontle.—(Minus pologlata azara). Empleando la etimología indígena quiere significarse un «zontle» de voces o sea cuatrocientas diferentes maneras de cantar.

Cacaguatales.—Siembras de maní.

CH

Chay.—Piedra cristalizada con que se labraban las armas, especialmente los cuchillos para los sacrificios. (Recordación Florida.) Actualmente se llama chay, en lenguaje popular, a la fracción de un cristal roto.

Chalchiquitls.—Adornos de cristal de piedra y, por extensión, todos los dijes que en zoguillas llevan las mujeres en el pecho.

Chichicaste.—Ortiga.

Chipilin.—Arbusto con propiedades narcóticas. La cocina guatemalteca emplea las hojas de esta planta para diversos usos.

D

Dobles (véase Nahual).—En el río revivía el nahual muerto, el espíritu protector asimilado a la madre y al padre (¿totem?), para ponderar el grado máximo con que cuidaba de ellos. (¡Son nuestras máscaras: tras ellas se ocultan nuestras caras! ¡Son nuestros dobles: con ellos nos podemos disfrazar...!) En los bailes religiosos aún visten los nativos máscaras y trajes de animales: tigres, pumas, dantas, etc.

E

Envoltorio.—El envoltorio fue siempre motivo de superstición y objeto de brujería. El Popol-Vuh habla del sacerdote brujo, encargado del envoltorio sin costura visible. En nuestra vida democrática, la primera piedra ha sustituído al envoltorio.

En verano la arboleda se borra, etc.—En Centroamérica las estaciones son absolutamente distintas de las de Europa, y no existen diferenciadas más que dos: la de seco y la de lluvia, llamadas de verano y de invierno. El sol agosta la vegetación tropical en verano, y por eso en esta época se ven los árboles casi desnudos.

Enfermedad del sol.—«La leyenda del Buboso convertido en sol ha nacido, en parte, del geroglífico fonético «Buboso» (Nanahuatl), que representaba al dios manchado de pústulas rojas. Digo en parte porque aquí el lenguaje se desvió antes que la escritura. En país quiché, de las gentes enfermas de bubas se dice: «hacen su Galel», «hacen su Tepeu», «hacen su Ahau». Ahora bien, Galel es eminente, una alta dignidad de la tribu; Tepeu es dominador, uno de los epítetos de los dioses supremos y una función social y Ahau es el título de todos los jefes. Ximenes ha querido ver en esto una teoría indígena sobre la poligamia, como productora de esta enfermedad. Otros ven una ironía («enfermedad de ricos»). La cosa es más simple: es la comprobación de que el paciente lleva una vida inactiva, sentado o acostado, como un jefe (Cf., la palabra «Aristoffe», de aristócrata; sífilis, en argot francés). Esa relación muy directa entre dicha enfermedad y los jefes fue probablemente la causa de la confusión en el lenguaje y después en la escritura, hecha, primero, por los mayas, y en seguida, por los mejicanos, entre los bubones y el mago supremo, de donde salió, como a menudo sucede, un mito etiológico posterior y falso». (Georges Raynaud, *Los Dioses, los Héroes y los Hombres de Guatemala antigua,* traducida por Miguel Ángel Asturias y J. M. González de Mendoza, del francés al castellano; página 44, pequeño vocabulario.)

Esparcid el verde, el amarillo.—«Las riquezas, simbolizadas por el verde y el amarillo (maíz).»

G

Güegüecho.—Bocio. Llámase güegüechos a las personas que tienen bocio. Por lo general, son un poco aleladas, empleándose con este significado algunas veces.

Galibal.—Trono, en cakchiquel.

Guatemala de la Asunción.—Después de la ruina de la segunda ciudad capital del reino de Guatemala, en 1773, fue trasladada al sitio donde se encuentra actualmente, con el nombre de Guatemala de la Asunción.

Güipil.—Camisa sin mangas de las indias. Es una prenda femenina de mucho colorido. Sobre la tela tosca, el bordado en
sedas de matices vivos, estiliza los motivos primitivos orna-
mentales más graciosos: pájaros, venados, conejos, etc. (Güipil
o huipil, indistintamente).

H

Húngaros.—Gitanos (despectivo).

Hermano Pedro.—Pedro José de Betancourt nació en Villaflor
de Tenerife (Canarias) y se trasladó a Guatemala en 1651. Era
de regular estatura, moreno, barba poblada, frente ancha, con
una cicatriz, ojos negros vivos. En 1655 tomó el hábito de la
Tercera Orden de Penitencia e hizo su profesión el 11 de
junio de 1656. Fundó una casa para peregrinos y una enferme-
ría destinada a convalecientes, así como la primera escuela gra-
tuita que hubo en el país. En vida, hizo milagros. Murió el 25
de abril de 1667. (Viene a orar al Templo de San Francisco
después de media noche; esto históricamente inexacto, dícese
porque está enterrado en dicho templo.)

Hurakan.—Gigante de los vientos, espíritu del cielo, relámpago
algunas veces; es de los dioses más importantes en la mitología quiché.

Hule.—(Americanismo). Caucho, jebe o goma.

I

Iximche.—Capital de los señoríos cakchiqueles a la llegada de
los españoles.

Islas de la Especiería.—«Por la vía del Poniente, a la China o
Molucas u otras cualesquiera islas de la Especiería», dice
Bernal Díaz, refiriéndose a la empresa de Alvarado en la con-
quista de nuevas islas.

Izote.—Yuca gloriosa.

K

Kukul.—Quetzal. Ave símbolo de Guatemala, donde sería más propio llamarla kukul en quiché y no quetzal en mexicano.

Es una ave lindísima. En los textos indios se emplea como el superlativo de bello. Mas, aparte de su belleza incomparable, es un pájaro que se caracteriza porque sólo puede vivir en libertad: si se le enjaula o se le apresa, se muere. De cuerpo no es más grande que una paloma. Es una esmeralda del tamaño de una paloma que parece arrastrar un arco-iris en la cola de más de un metro. Su plumaje verde posee todos los cambiantes del tornasol, y se diría, pintado sobre un fondo de oro, como los mosaicos bizantinos. En el pecho luce plumas rojas. Sangre de crepúsculo en gota de selva que vuela sobre los Andes. Vuela muy alto y construye su nido en los troncos de los árboles, dándole forma de túnel, con dos salidas, para no lastimarse la cola. Por su riqueza y su amor a la libertad, este pájaro era, sin duda, el espíritu protector (nahual) de los jefes: les ayudaba a combatir, les acompañaba en sus empresas, y moría cuando ellos morían. Así, a la llegada de los españoles a lo que hoy se llama Quetzaltenango, en Guatemala, se cuenta que combatieron cuerpo a cuerpo, don Pedro de Alvarado y Tecún-Uman, el jefe de los indios. Durante el combate, es narración que pasa por verídica, un quetzal volaba sobre la cabeza del jefe indio, atacando a picotazos al conquistador, y «enmudeciendo», dice la narración, cuando éste atravesó con su lanza, desde su caballo (como un picador o como el Apóstol Santiago), el pecho de aquel valiente. El quetzal enmudeció, dice la narración, y de ahí que se crea que antes de la muerte de este jefe indio, el quetzal cantaba. Pero, ¿no podría interpretarse ese enmudecer en el sentido de morir? Siendo el quetzal o kukul el espíritu protector del jefe (véase nahual), al morir éste debió morir él, es decir, «enmudecer» no en el sentido de dejar de cantar con la garganta, sino en el de dejar de cantar con el plumaje...

Adorna el real hombro la enjoyada pluma del nahual... Las verdes me cubrieron los pies con sus plumas de kukul. ¡Es él! ¿No véis su pecho, rojo como la sangre, y sus brazos, verdes como la sangre vegetal? ¡Es sangre de árbol y sangre de animal! ¡Es ave y árbol! ¿No véis la luz en todos sus matices sobre su cuerpo de paloma? ¿No véis sus largas plumas en la cola? ¡Ave de sangre verde! ¡Arbol de sangre roja! ¡Kukul! ¡Es él!

Aquí, como se ve, el cacique y el quetzal se confunden a los ojos de los que ven al jefe con todos los atributos de su espíritu protector (nahual).

L

Leyenda del volcán.—De muchas leyendas locales, que recuerdan siempre la lucha de los espíritus de la tierra (restos de viejas creencias indígenas) y de los espíritus divinos de la religión aportada a América por los Conquistadores, se ha compuesto esta leyenda, dejándola en los términos vagos de un relato que no pretende la atención de los etnólogos, sino el entusiasmo de los niños.

La tierra de los árboles.—La tierra de los numerosos árboles, mejor dicho, que quiere decir la tierra quiché.

Leyenda de la Tatuana.—O, como debe haber sido primitivamente, de la Tatuada, por tratarse de un tatuaje que tiene la virtud mágica de hacer invisible a la persona y, por tanto, de ayudar a los presos a evadirse de las más guardadas cárceles. En el fondo, creo que se trata de la repetición de la leyenda de Chimalmat, la diosa que en la mitología quiché se torna invisible por encantamiento.

Lugar de la abundancia.—Uno de los sitios edénicos de la América media, por otro nombre conocido con el de Tulan o Tul-lan.

Leyenda del sombrerón.—En ella se repite el relato de casi todas las leyendas guatemaltecas, que muestran un excesivo amor al juego de pelota.
«Este deporte era pasatiempo de príncipes y nobles; se construían para él campos especiales y las pelotas de caucho (que quizá fuesen los primeros objetos de esta materia, vista por los europeos), no debían ser tocadas con las manos, sino lanzadas contra los muros por golpes de las rodillas, los codos, los hombros o los muslos.» «Quiq, significa sangre, raza, posteridad, etc., y también pelota del juego de pelota, juego que, además, simboliza a veces las luchas, las victorias y las derrotas de la vida terrestre, celeste, astronómica, subterrestre.»

Leyenda del lugar florido.—Corre como cierta entre los pobladores de los pueblos que se encuentran a orillas del lago de Atitlán, la existencia de un tesoro fabuloso enterrado en el Cerro de Oro. La leyenda explica cómo fue enterrado ese tesoro. Muy fácil: el Volcán, Abuelo del Agua, arrojó, para ocultarlo, otro volcán: el Cerro de Oro.

M

Maíz.—(¡La flor del maíz no fue más bella que la última mañana de estos reinos!) Se alude al Teocintli, «maíz divino» (Euchlaena Guatemalensis), del que se hizo al primer hombre, según la mitología quiché.

Monte en un ave.—Es decir, el espíritu del monte en el sentido de llanura, «de país entero», que por medio de un ave pronuncia el nombre de uno de los tres hombres que venían en el viento, dándole existencia y autoridad sobre los otros. «Entre las manifestaciones más sorprendentes de esas creencias, de esos ritos, está el papel inmenso de la Palabra, sobre todo bien dicha, "justa voz", del Nombre, del Nombre sagrado y secreto. Pronunciar con exactitud el nombre místico, inefable, que designa, que define para el pensamiento un ser, un objeto, es crearlos o, si existen ya, denominarlos.» (Raynaud, obra citada.) Nido es aquí el nombre mágico.

Madre Elvira de San Francisco.—Una de las cuatro religiosas que fundaron en Guatemala, hacia los años de 1606, el convento de Santa Catalina.

Mariguana.—«Los naturales de la India y los mexicanos —dice el doctor J. St. Arion— fuman las hojas del cáñamo indiano, o mariguana, para emborracharse. Tres o cuatro aspiraciones profundas, que los adeptos llaman «toques» bastan para obtener los efectos. El humo satura los pulmones y el fumador cae en una embriaguez particular, presentándose más a las alucinaciones. Pasados algunos minutos se experimenta la necesidad de moverse y ejecutar actos muy extraños. Mientras tanto, la inteligencia permanece como embotada. Luego principian a manifestarse los síntomas del delirio. Un delirio animado y alegre. A los ojos del fumador las cosas adquieren aspectos caprichosos y fantásticos. Habla sin parar, o bien se sumerge en un silencio malicioso, mientras busca la resolución de problemas extravagantes. Ríe por el motivo más fútil. Hace cabriolas, ejecuta danzas y se siente como rodeado de un mundo nuevo. En este primer período, el poder sensorial aumenta hasta la hiperperestesia. Sus órganos parecen estar fundidos con los objetos que toca. El oído se aguza hasta percibir los sonidos más insignificantes, como a través de un resonador. Experimenta fenómenos alucinatorios; una silla puede parecerle un automóvil o un trono; un botón, una estrella, y si ve un cuadro, se figura estar en presencia de un objeto vivo. Percibe luces y matices extraños en torno suyo. Se afina el sentido del olfato y cree sentir aromas embriagadores. En fin, la imaginación del sujeto trabaja a velocidades vertiginosas, perdiendo la noción del espacio y del tiempo. Después de esta fase de excitación, cuya duración es muy variable, viene el decaimiento, la tristeza, el pesimismo, la depresión intelectual y física...» «Marigüana para tu tabaco...» El Maestro Almendro ofrecía, pues, una droga preciosa al Mercader de Joyas sin precio, por el pedacito de su alma que el Camino Negro le había dado a cambio de un ratito de descanso.

N

Nahual.—Fue y es muy repartida entre los indios la creencia de un espíritu protector, encarnado en un animal, que puede equipararse al Angel de la Guarda de los católicos, y «el cual —escribe Herrera, en su libro sobre las Indias Occidentales— es lo más que puede decirse para significar guardia o compañero, agregando que la amistad entre el indio y su nahual llega a ser tan fuerte que, cuando uno muere, el otro hace otro tanto, y sin nahual el indio cree que ninguno puede ser rico o poderoso».

«Cuando el niño nace se le dedica o sujeta a un animal, que el dicho niño ha de tener por nahual, que es como decir por dueño de su natividad y señor de sus acciones, o lo que los gentiles llaman hado y en virtud de este pacto queda el niño sujeto a todos los peligros y trabajos que padeciere el animal hasta la muerte.» (Ruiz de Alarcón, *Tratado de las supersticiones de los naturales de Nueva España,* 1629.)

Natal.—En dialecto maya, la memoria, el recuerdo, el *souvenir.*

Namik.—Venado.

P

Palo podrido.—El bachiller Domingo Juarros pretende, con otros autores, que la etimología del nombre Guatemala proviene de Quauhtemali, que, en dialecto mejicano, significa Palo podrido.

Palenque.—Ciudad maya fundada quince años antes de Jesucristo, según se establece hipotéticamente de acuerdo con los libros de Chilan Balam. «Las esculturas de Palenque son un espléndido ejemplo del alto grado de perfección a que llegaron los primitivos artistas mayas, que, tanto respecto al dibujo como a la perspectiva, sobrepasaron a los artistas de Egipto y de Mesopotamia.»

Princesas.—(Rey, reino, etc.). Se usa esta terminología europea por eufonía, no porque creamos que en América existieron, al tiempo de la conquista española, gobiernos semejantes a los europeos.
La institución de los «ahuaes» nos demuestran que en América no hubo reyes ni emperadores como se dice. Los «ahuaes» eran los encargados de matar al cacique cuando se hacía tirano o burlaba o no satisfacía las aspiraciones del pueblo. Era una especie de consejo de estado, compuesto de ancianos justos y venerables, y que bajo su sola responsabilidad podían suprimir al cacique, cuando lo juzgaban necesario.

Pan de culebra.—Pan popularmente llamado así, de forma redonda, con una pequeña culebra encima, tostada al horno.

Piedra que habla.—«Piedra luciente en cuyos juegos de luz la tribu leía los oráculos, los mensajes de los dioses.» (G. Raynaud.) «Piedra negra y transparente como el vidrio, pero de mejor y más preciosa materia que la piedra Chay, en cuya diafanidad les representaba el demonio a los diputados la resolución que se demía tomar.» (Fuentes y Guzmán. Recordación Florida.)

Palomas blancas.—Probablemente el ave-símbolo de Xmucane, Atit o Antigua Ocultadora.

Pitahaya.—Planta de la familia de los cactos, trepadora, de hermosas flores encarnadas o blancas, según sus variaciones. El fruto es como de carne de tuna, sólo que encarnado, de un rojo violeta bellísimo.

Q

Quiriguá.—Ciudad maya que existió hace 1.700 años.

R

Rodrigo.—Rodrigo Arias de Maldonado, de nobilísima familia del siglo XVII. Después de muchas aventuras y conquistas, que le valen gran renombre, abandona el mundo y sucede al hermano Pedro de Betancourt en la jefatura de la Orden Belemítica. Murió en Méjico, el 25 de diciembre de 1713.

S

Siete palomas blancas.—«Los números sagrados, caros a todos los pueblos, jugaban un gran papel. Aquí, como en Méjico, son: 4, 7, 9 y el sagrado 13. (El 9, más especialmente, de las cosas nocturnas, ocultas, misteriosas.)

Sumando de uno en uno de izquierda a derecha.—Forma en que sumaban los mayas.

¡Salud, oh constructores!, etc.—Al ver los hombres levantarse el sol —dice el Popol-Vuh—, con estas palabras pidieron hijos e hijas; su descendencia.

Suquinay.—(*Bulbostylis cavanillensii*). En la Recordación Florida se lee que las abejas que liban el zumo de las flores de esta planta dan una miel dulcísima.

Se adornaba a las víctimas, etc.—Baile de los árboles. (Anales de los Xahil.)

T

Tulán.—Lugar mitológico del alba.

Trece navíos.—Armada construida en Guatemala por don Pedro de Alvarado; «gastó en ella más millares de pesos oro que en Castilla se pudieran gastar, aunque se labren en Sevilla ochenta navíos» (Bernal Díaz.)

Tribus errantes que vinieron del mar.—Como en los Anales de los Xahil, se trata de tribus que emigraban a través de los lagos, y debe entenderse del Mar-lago y no del Mar-océano.

Titilganabáh.—Ortografía arbitraria, pues se trata de tres palabras: Titil Gana Abah, que quieren decir afeites para los jefes. La exclamación en el relato significa que Cuero de Oro, después de referir lo de las cuatro culebras de colores, está ya ungido como jefe.

Todo lo que arroja el volcán para formar otro volcán.—Los brujos empleaban encantamientos haciendo nubes, truenos, relámpagos, granizo, temblores de tierra. Toda esta magia pertenece a la psicología quichécakchiquelmaya, pues hasta los vocabularios dan las mismas palabras para «guerra» y «magia», «encantamientos», «guerreros», «magos encantadores». (G. Raynaud, obra citada.)

Tún.—Especie de tambor de madera formado con el tronco hueco de un árbol.

U

Utatlán.—Capital de los señoríos quichés a la llegada de los españoles, cuya opulencia rivalizaba con Méjico y el Cuzco (Torquemada).

V

Virgen de Loreto.—Imagen que no mide un «geme», la misma que acompañó a don Pelayo cuando su madre, la infanta doña Luisa, temerosa de los rigores de su tío, el rey Witiza, lo entregó a la corriente del Tajo. (Recordación Florida.)

Vocabulario de la Obsidiana.—(Véase Piedra que habla.)

Valle de la Virgen.—A este valle se trasladó, en 1776, la ciudad de Guatemala y, por consiguiente, en la época que corresponde a la leyenda del Cadejo no se veía allí más que la ermita construída sobre un montículo conocido con el nombre de Cerro del Carmen.

X

Xibalbá.—Lugar de la desaparición, del desvanecimiento, de los muertos.

Y

Yerba-mala.—*Euphorbia petiolaris.* Abundaba la yerba-mala en las inmediaciones de Iximché, donde se fundó la primera ciudad

de Guatemala, y por eso el autor de la Recordación Florida
pretendió que de la voz Coctemalan, que quiere decir Palo de
leche, viene Guatemala.

Yaqui.—En los relatos maya-quiché, los yaquis son los mejicanos
en general, y no, como podría creerse, los indios yaquis de
Sonora. «Yaqui», extranjero. Puede aceptarse para yaqui los
sentidos «levantados, en pie, despiertos» (para huir o para
espiar), o todavía mejor, el de «langostas», «saltamontes».
(Raynaud, obra citada.)

Z

Zibaque.—«Sasafrás». (Un vocabulario da: el corazón de la hierba
con que se hacen las esteras, petates.)

Achiote.—Arbol de 3 a 4 metros de altura. La semilla lleva un polvito que tiene múltiples empleos en medicina, tintorería y usos culinarios. *Bija* (del Caribe bija, encarnado, rojo), árbol bixeno americano.

Azacuanes.—Milanos migratorios que cruzan el hemisferio en busca del calor. Pasan en inmensas cantidades y grandes alturas, hasta parecer nubes en el cielo.

Chorchas.—Se llama así a varios pájaros del género *Icterus.* La chorcha más común es de plumaje amarillo y negro, canta con fuerte y meliflua voz.

Jiquilite.—(Del mejicano:*xiuh-quilitl.*) Esta planta produce al macerarla un añil de superior calidad.

Mangles.—Arbusto risofóreo americano.

Nije.—Barniz negro que emplean los indígenas para dar a los objetos de su uso (jícaras, guacales, etc.), lustre de laca. Es una laca indígena.

Tapexco.—Cama construida con cañas; algunas veces pende del techo, como hamaca.

Tecomates.—Calabaza de cuello estrecho que emplean para llevar agua u otros líquidos.

Cuculcán.—El *Kukulkán* de los mayas, el *Cucumatz* de los quichés, y el *Quetzalcohuatl* de los nahuas, es uno de los más
antiguos dioses supremos. Los «pueblos de la América Media
tradujeron la lectura puramente fonética del jeroglífico-símbolo,
"Emplumada Serpiente"». *Cuculcán* es aquí un Poderoso del
Cielo, equiparado con el Sol, por su poder y no porque tenga
que ver el nombre Cuculcán con el Sol, y si se emplea al
escribirlo la «c» y no la «k», no es porque se desconozca que
con la «k» se acerca más en español al sonido indígena «ku»,
sino porque escrito así con «c», resulta más familiar en nuestra lengua.

Yaí.—El verdadero nombre es «Yia», «hierba de flores color de
oro», anís salvaje que se quema ante los dioses.

Chinchibirín.—Ningún significado especial. Un nombre que es
una simple reunión de sílabas.

Guacamayo.—El Guacamayo (*Vukub Cakix*), es el ave del fuego
solar, del sol. En uno de los primeros cantos del *Popol-Vuh,*
dice el Guacamayo: «yo el sol, yo la luz, yo la luna,» Su
orgullo fue su derrota. Al encontrarse con Cuculcán, frente a
la primera cortina amarilla, trata de perderlo, de hacerle decir
«yo soy el sol», en un juego-lucha de palabras característico
de estos relatos míticos. El Guacamayo es un falso Dios, y por

lo mismo un Engañador. El Guacamayo se alimentaba de
nances (byrsonia), una frutita amarilla, pequeña, perfumada,
agradable. A menudo se le compara con la estrella de la tarde
(Venus), por su color de oro verde.

Ts'ité.—«*Ts'ité* o *Tzité* (*Erythrina corallodendrom*). Arbol Coral,
vulgarmente llamado *Pito,* en Guatemala», sirve para predecir
el futuro por la forma como quedan los granos, al ser arro-
jados. El Guacamayo anuncia, al hacer el remedo, en la primera cortina amarilla, que está empleando el «ts'ité», para
predecir la suerte. En la segunda cortina amarilla, Chinchibirín no hace una simple caricatura de la prueba, sino efectivamente arroja los frijolitos de color coral, que es como lo
hacen los brujos o adivinadores.

El pedernal amarillo, etc.—Los parlamentos de Cuculcán al refe-
rirse, en la segunda cortina amarilla, al pedernal amarillo, al
pedernal rojo, al pedernal negro, etc., frasean con pocas va-
riantes, la descripción que hace Chilán Balam, de cómo los
mayas concebían el universo, en sus puntos cardinales.

Ralabal y Huvaravix.—Personajes que se encuentran en los relatos de los «Anales de los Xahil», donde también se habla
del «guacal de los festines». *Guacal,* es una vasija que se hace
con la mitad de un fruto de güira. Los hay también de
calabaza.

Abuela de los Remiendos.—En todas las leyendas indígenas, las
Abuelas representan importante papel. Viaje en un «tanatillo»,
es decir, en un «hatillo». El «tanate» es un bulto envuelto
en trapos.

Tortugas.—Representan fuerzas telúricas, oscuras, subterráneas,
en contraste con los Chupamieles, fuerzas aladas.

Comadre de los comales.—Se llama así a la Luna, por su forma
redonda cuando está en plenilunio, comparándola con los
comales que son recipientes redondos de barro cocido y forma ligeramente cóncava, que se emplean para cocer tortillas
de maíz.

Bucul.—Cáscara del fruto del morro o güira que se emplea para tomar líquidos, algunas veces va tapado y se emplea para guardar monedas u otros pequeños objetos.

Póm.—Póm o copal póm. Resina que se quema como ofrenda a las divinidades. Especie de incienso.

Zapote.—(Del mexicano: *tzapotl*). Arbol sapotáceo. Fruto de este árbol de carne roja y semilla negra y lustrosa.

Taltuza.—Tejón americano.

Tiste.—Bebida hecha con harina de maíz, achiote y azúcar; es de color rojo y se toma como refresco.

Pijuy.—En Guatemala, aní. Ave trepadora de color tabaco, por lo que se le llama punta de cigarro.

Chiquirín.—«Insecto hemíptero de color verdoso amarillento, con cabeza gruesa y ojos muy salientes. En la extremidad del abdomen tienen los machos un aparato con el que emiten en época de calor, un ruido estridente y monótono.»

Nance.—(*Malphigia montana*). Frutita amarilla, pequeña, sabrosa, aromática.

Jocote.—Especie de jobo o ciruelo.

Chumpipes.—Pavo común.

Somatar.—Dar golpes a una persona o cosa contra otra super-ficie.

Guacal.—Recipiente hecho de la mitad de una calabaza que en los usos domésticos hace las veces de jofaina.

Indice